畫

靈奇
仙傳
參

作者
陳郁如

仙

推薦序

從閱讀中認識自己的文化

文／彰化原斗國小教師　林怡辰

年初到新加坡演講，遇見許多新加坡師長，他們告訴我，許多新加坡孩子雖然有競爭力、英文能力強，但常覺得學華文沒有用，總是和外國人接觸才發現，其他國家都能侃侃而談自己的文化和傳統，知道自己從何而來，自己卻都不認識。

有次孩子知道校外教學地點是故宮的時候，紛紛發出失望的聲音，雖然事後經過老師們的努力，孩子懂得肉形石和翠玉白菜的價值，但我想著：有沒有更簡單的方式，讓孩子接觸自己的文化和歷史、進而珍視且驕傲？

有的，就是這本《仙靈傳奇3：畫仙》，自然而然將文化融入故事，沒有說教、新的奇幻故事，孩子喜愛得不得了，卻看見自己值得驕傲的東方文化。

故事藉由小主角曄廷的一連串冒險，進出中國畫作當中，展開一連串冒險。孩子因同年齡小主角而充滿閱讀動機，常閱讀到手不釋卷。且藉由圖畫和文字的轉換，孩子自然而然懂得水墨畫的優美意境、感受畫家的創作情感，其中收錄包含故宮知名館藏《早春圖》在內，十餘幅知名畫作及賞析，一併提升藝術美感與鑑賞力。這不就是我們最需要的嗎？

我很感謝作者陳郁如，我在國小第一線推動閱讀、擔任高年級導師多年，這幾年因為《詩魂》、《詞靈》等書，讓孩子擁有閱讀跨越的能力外，對唐詩宋詞不再陌生，對自己的文化也有更深厚的情感。當他們閱讀完可以唸讀詩句、自己闡釋、對詩句產生情感，我開心的發現，孩子也因此認識了文化、有了認同，甚至驕傲。

國語課文中有一課選了《少年小樹之歌》，印地安人的爺爺說：「如果你不知道過去，你就不會擁有未來。如果你不了解你的族人過去的遭遇，你也不會知道他們將何去何從。」文化是我們的根，觀光需要根、我們的孩子也需要根，看見未來和驕傲，進而擁有未來。

《仙靈傳奇3：畫仙》，有趣有意境、有內容有靈魂，更重要的是可以讓孩子在有趣的閱讀中，看見自己的文化，再次誠摯推薦，少年必讀！

推薦序

精采紛呈，創意更勝前作

文／暢銷武俠小說作家　鄭丰

現代人，不論大人或孩子，如果不是美術系學生或學習國畫者，對古畫都不免頗感陌生，心生隔閡。在缺乏詳細的介紹下，一幅古畫的時代背景、意涵精神，以及其特殊之處、美感所在，我們這些平凡的觀賞者其實是一點也看不出來的。每回去故宮或美術館，經過國畫區時，大家多半是走馬看花，隨意逛過而已，這實在是很可惜的一件事。

郁如的新書《仙靈傳奇3：畫仙》，承襲前兩本書《詩魂》和《詞靈》，以一位現代學生顧曄廷進入「畫境」的手法，讓讀者能夠深入認識多幅著名的古畫，增進對這些古畫的時代背景和畫家的了解，並進一步賞析畫中的種種細節和可愛之處。

郁如新作更加入了新的創意，讓主角藉著古畫中的不同動物來練習劍術，如靠著《瑞鶴圖》來練習「群鶴盤旋」，靠著《寫生蛺蝶圖》來練習「彩蝶撲花」，靠著《五牛圖》來練習「健牛擋車」，靠著《六駿圖》來練習「飛馬奔逸」，以及靠著《鷹擊天鵝圖》來練習「巨鷹擊鵲」等招式，過程精采紛呈，讓人看得目不暇給。

爲兒童和青少年寫書，不但要精采好看、吸引孩子，還得寓教於樂，眞是一件很不容易的事！郁如自出版《修煉》以來，多年筆耕不輟，不斷創作出適合孩子閱讀的讀物，身爲一個強烈期盼孩子喜愛閱讀的家長，不能不對她表達由衷的感激！希望郁如繼續創作，帶給孩子們更多的優秀華文原創奇幻作品！

1

秦始皇十年，西元前二三七年，十一月。

古天長焦急的看著天色，太陽西偏，一天又要過去了，他在房子外來來回回的踱步著。說房子，還眞是勉強了，充其量，不過是木頭搭起來可以稍微擋風的地方，下起雨時，屋頂是遮不住水往下滴的，屋裡屋外是一樣的氣候。

可是現在，天長心裡又是焦急，又是溫暖，妻子王氏要分娩了，他們的第一個孩子要出生了！昨晚痛了整夜，想說今早孩子該出來了，但眼前太陽快要下山了，孩子還是不肯探頭，王氏的哀號一聲比一聲虛弱，他好怕她挨不過去。

「張婆，我家娘子現在怎麼樣了？」天長隔著窗子往內喊，他知道自己已經問了不下百次。

「這孩子折騰，不過王妹子年輕，身子硬朗，撐得過去的。我接生多少次了，沒事！」產婆張氏中氣十足的喊著，不管天長問了幾遍，她總是不厭其煩的安撫他的不安。

「孩子還要多久才出生啊？」天長忍不住又問。

「天長啊，今天是十五，等下月亮就要出來了，你去拜拜月娘娘，定定心，孩子就快要出來了！」張氏一邊忙和著一邊說。

天長知道自己幫不上忙，無奈走向房子東邊靠山的那側，此時太陽隱沒，外面溫度愈來愈冷。他來到一棵樹下，驚起一群山鵲四散飛去，樹下有塊大石，他跟王氏常坐在這一起看著夜空。他記得，那天也是滿月，妻子告訴他，她有孕了。天長開心的抱起她轉圈，對著月娘娘許願，希望母子平安。

天色漸暗，山邊開始出現半圈光暈，光暈愈來愈大、愈來愈亮，然後山頭冒出一點白光。很快的，白點長成半圓，半圓繼續上升，一顆亮晃晃，圓滾滾的月亮出現在山上。剛才飛走的山鵲，有幾隻飛了回來，停在樹上，歪著頭好奇的看著天長。柔和的光芒照著大地，樹枝、大石、山鵲身上都被鍍上一層銀光。天長心裡感到無限的澄淨與祥和，他情不自禁的對著月亮跪下，心中暗暗祝禱，希望月亮保佑他的妻兒平安，也下了決定，孩子不管是男是女，都取名為月升，是月娘娘的孩子。

就在這時候，一陣宏亮的哭聲從屋內傳來，天長知道孩子出生了，他心裡狂喜，對著月亮再度一拜，匆忙跳起，奔進屋子。

「是個女娃兒，母女平安啊！恭喜！」張氏懷裡抱著個嬰兒，天長看著嬰孩，看著娘子，一下子不知道該先去瞧誰。

「來，抱好，抱去給你家妹子看。」張氏把一個用布包著的小東西放進他懷裡。女娃好小，卻折騰了這麼久才出世。天長小心的捧著，坐到妻子身邊，他看妻子一臉疲倦，滿頭是汗，好不心疼。他親了親女娃，也親了親妻子。

「這孩子叫月升。月亮高升的月升。」天長憐愛的看著妻子說。

「月升，好，我喜歡，讓我看看她。」王氏雖然疲倦，可是非常興奮，她和丈夫日夜期盼的孩子終於出世了。

王氏掙扎著坐起，從天長手裡接過孩子。她小心的把布打開，屋子裡的豆鐙[1]太

1 注：春秋戰國時候的燈。

暗，她把孩子移到窗邊，讓月光照在孩子的身上。

月光明亮而溫柔的照在孩子的身上，本來眼睛緊閉的嬰兒，彷彿感受到月亮的照拂，好奇的睜開眼睛，就在這時候，奇怪的事發生了。

嬰兒對著月亮，綻開一抹微笑，同時她的全身發出一層淡淡的、朦朧的光暈，就像月亮剛升起時散發的那一層光暈。

三個圍著她的大人都看呆了。這個小小的嬰兒，在月亮的照映下，居然全身發光！細細碎碎的光芒均勻的從她細嫩的皮膚散出，照得每個人的心都跟著亮起來。

「我接生過不知道多少孩子，還沒看過像這樣的……」張氏喃喃的說，眼睛直盯著月升。

王氏忍不住伸手輕撫襁褓中的孩兒，她的手指也融浸在光芒裡。

「她的身子……好冰啊！」

張氏聞言趕緊查看。「奇怪！真的很冰。可是她面色紅潤，臉上微笑，四肢靈動，沒有不適的樣子啊！」

「這是怎麼回事？」天長問，也伸手碰碰嬰孩，果然觸手冰冷。

「她會不會是中了什麼妖術啊？還是被什麼附身？」王氏害怕的說。

「我也不知道。」連見多識廣的張氏也微微的發抖，「要不要找道士來驅魔啊？」

天長不悅，這是他的孩子，不是妖魔！

正當他要說什麼的時候，天色忽然暗了下來。山上的氣候說變就變，本來清朗的夜色，被一片烏雲遮住，沒多久就下起雨來。剛開始滴答幾聲，但馬上變成滂沱大雨，本來瓦礫殘破的屋頂，很快就有雨水滴進屋內。

起先三人並不在意，他們被眼前的異象給震住了，可是一灘水正正落在女娃的臉上，本來還在笑的娃兒，臉上表情變得疑惑，皺起眉頭。王氏見狀連忙拿布擦拭，同時把娃兒抱開。

天長嘆了一聲，這屋頂早該找人重做了，可是沒有銀兩，只能自己東補補西補補，怎麼也補不周全。他正要起身拿桶子接水，女娃卻伸出一隻手，食指向上，三個大人也忍不住好奇看著她。只見她身上的微光像退去的潮水，從全身的皮膚上一寸寸撤走，全部往指尖湧去，她的指尖像是點燃的蠟燭，發出亮光，接著這光點向上射出，在空中散成一片光網，緩緩向屋頂升起。

三個人瞪大眼睛看呆了。

光網在碰到屋頂時消失不見，娃兒也恢復原樣，大家愣了好一會兒，才轉過神來。

「你們看，屋子不漏水了！」王氏抱著孩子，驚喜的喊著。

天長也發現了，外面雨愈下愈大，可是屋子裡卻很乾爽，沒有水滴滲漏。

「月升是月娘娘的孩子！」他抱起嬰孩，「她一出生就帶著靈光，給我們家帶來庇護，她不僅不是妖魔，將來一定是個有福氣的人。」

2

曄廷實在不知道該怎麼解釋那天發生的事。

以丞生日會後，他想著能去哪兒。星期天畫廊最忙，晚上還有飯局，爸媽不會這麼早回家，最後他決定去勇伯的書店晃晃。那是間二手書店，裡面很多舊舊黃黃的絕版書，有耐心的話，常常可以挖到寶。

曄廷在書堆中小心的行走，舊書紙頁散發的那股歲月的味道搔得他鼻子癢癢的，他享受著那個味道，卻也忍不住打個噴嚏。

「哈啾！」他身子用力一顫，撞到右邊的一堆書，嘩啦一聲，書冊落滿地。

曄廷忍著鼻子的搔癢，趕忙蹲下來撿書，把書重新堆好。就在這時候，他忽然感到一陣急速的刺痛，像是被電到一樣。今天下午在以丞家的生日會，他也有同樣的感覺。

當時，曄廷跟游泳隊的隊友們在泳池邊聊天，儀萱朝著他們走過來。幾個男生知道他暗中喜歡儀萱，一個叫他趕快表白，一個說要幫他追她，幾個人在池邊笑鬧著。突然間，有人推了他一把，溼滑的地板讓他一下失去重心，而儀萱正從旁邊經過，眼看自己就要撞到她，兩個人都要跌進池子裡，他卻感到一陣電擊般的刺痛，只見儀萱抓著他的手，拉了他一把。最後他沒落水，只是在池邊滑了一跤。

現在的感覺跟早上很像。奇怪了，今天怎麼連續被電到兩次？而且又沒有碰到任何電器用品。他低頭看著他的手，手機在褲子口袋，現在手上只有剛才從地上撿起來的一本書《中國古畫精選》。他小心的用手再碰一下書封面，好像這本書是高壓電箱，不過什麼事也沒發生。看來是自己多心了，他偷偷吐出一口氣。

曄廷一向喜歡畫畫，但他習慣用水彩和蠟筆，最近開始學油畫，傳統的中國古畫倒是還沒機會嘗試。現在他手裡拿著一本畫冊，而且封面還是自己擅長的人物畫，他覺得挺有趣的，於是走到書店的角落，隨手翻了起來。

他沒有仔細研究過水墨畫，這些古畫對他來說很陌生，畫者也沒聽過，可是裡面的畫深深的吸引著他。這本書雖舊，上面的照片還算清晰，只是書中關於畫作的文字介紹並不多。等下一定要把這本書買下來，帶回家好好研究。

他看一下手機，時間還早，於是繼續翻著畫冊。當他翻到其中一幅畫時，認出封面上那個頭上有花的藍衣女子，就是這幅畫的局部。

但是這並不是他感覺異樣的原因。而是當他看到整幅畫在書上展開，似乎有種莫名的熟悉感。他仔細的看著這幅畫。

這幅畫總共畫了十二名女子，封面的藍衣女子在畫面的最左邊，內頁裡可以看到她完整的姿態，她身子略略後傾，手握著一根木棍，上頭連著一塊白布，白布向畫面右邊延長展開，盡頭是另一名用手拉著白布的女子。女子半背對著畫面，肩上披著一條桃色長巾。白布中間有另外兩名女子，一名手扶著布，背對著觀者，對面的女子手不知道拿著一個什麼東西在布上面。布的右邊下方有個小女孩，彎腰低頭，表情淘氣，曄廷覺得她很可愛。

畫面中段有三名女子，一個蹲著，一個坐凳子，一個席地而坐，各個動作不同。曄廷一時看不出來她們在做什麼。畫面右段，則有四名女子，她們手裡都握著長長的木棍，面向觀者的紅衣女子倚著木棍休息，另外三人拿著木棍搥打著下面白色的布。

十二名女子或坐，或站，或蹲，面部表情、動作都不相同，整個畫面非常生動。

他看一眼這幅的標題：唐張萱《搗練圖》，下面的簡介寫：宋徽宗摹本。他似懂非懂，這幅到底是唐朝的畫還是宋朝的畫？不過畫中女子的臉頰都圓圓的，體態豐腴，感覺比較像唐朝的風格。

這些女子在洗布嗎？真希望可以進到畫裡，看看這些女子在做什麼。曄廷心想。他著迷的看著畫，手指情不自禁在上面隨著筆觸勾畫，想像當時畫家用毛筆筆峰勾勒作畫的樣子。尤其是那名背對著他，身穿綠色長裙，手持著木杵的女子。雖然畫中也有另外兩名女子背對著他，但是這個女子特別讓他覺得有神祕感。曄廷用手指沿著木杵往下畫，當他碰到木杵的底端時，他感到手指像碰到溼電池那樣一刺。

然後，他發現自己不在書店裡了。他眨眨眼，看看四周，這裡像一個庭院，院子裡有一些穿著古裝的女人在走動，他仔細的看著她們，忍不住心裡發毛，這……這些人不就是我剛才看到的畫裡的人嗎？難不成我進到畫裡面了？

他揉揉眼睛，捏捏自己。不，這不是做夢！這到底怎麼回事？左邊的幾個女子拿著木棍，右邊幾個女子拉開了白布，中間幾個人坐在地上，還有她們的衣著裝扮，就跟剛剛看到的畫一模一樣。他進入了畫裡！

他雖然感到既詭異又害怕，還是忍不住走上前，看看她們在做什麼。左邊那些拿著木棍的女子，本來正用力的上下搥打，看到他走來，紛紛停下了動作。

「你是哪來的孩子，怎麼穿得這麼奇怪？」穿紅衣藍裙的女子倚著木棍，上上下下打量他。

「我……我住臺灣，臺北，我是國中生。來自現代……我是說，是西元年，不是唐朝。」曄廷努力解釋。

「臺灣？臺灣在哪？是哪個蠻夷之邦？」「什麼是國中生？」「好像是他出生的那年叫國中？」「西元年是什麼朝代啊？沒聽過。」「他家一定很窮，你看他們衣服布料都不夠用，這孩子手腳都露出來了！」「頭髮也沒長長，可能有什麼病！」

一群女子七嘴八舌的討論，穿著短袖短褲，頂著一頭短髮的曄廷站在一旁苦笑，不知道怎麼解釋。

本來坐在地上，穿著白衣白裙，圍著橘紅色長巾的女子站了起來。「你叫什麼名字？」

這女子年紀大些，講話聲音低沉，大家看到她起身，都噤了聲，不再言語。

「我叫顧曄廷。你們有名字嗎？」

「我們本來沒有名字的，不過畫仙給我們取了名字，我叫玲素。」橘紅長巾的年長女子說，她指著這群女子，她們一一報出名字。

「我叫紅珊。」穿紅衣藍裙倚著木杵的女子說。

「我叫心翠。」穿綠衣白裙黃長巾的女子說。

「我叫白盈。」穿白底圓型花紋的女子說。

「我叫之采。」坐在凳子上的女子跟他招手。

「我叫小蘭。」蹲在地上的小女孩說。

「我叫小桃。」彎著腰穿著桃色衣服的小女孩也跑過來。

「我叫杏娥。」橘黃長裙的女子說。

「我叫零兒。」紮著雙髻的小婢女說。

「我叫忘音。」最左邊穿著藍裙，也就是畫冊封面上的女子說。

「我叫水鳳。」忘音對面披著粉紅色長巾的女子轉過頭說。

畫冊裡的畫年代久遠，很多細節都看不清楚，而且畫冊本身也老舊，讓畫作帶點一種朦朧的美。現在就不一樣了，每個人都鮮活的出現在面前，曄廷可以清楚看到每個女子臉上都塗了白粉，尤其是額頭、鼻梁跟下巴，顯得特別的白。她們的嘴脣用朱紅畫得小小的，額頭上貼了漂亮的花瓣裝飾，頭髮上插著寶石髮簪，幾個看起來比較貴氣的女子，衣著髮飾比較華麗，身分地位比較高，臉型體態也比較豐腴。

曄廷記人能力強，誰叫什麼名字，穿著體態有什麼特色，馬上就記起來了。他注意到，最右邊那位穿著綠色長裙背對著他的女子，並沒有報名字，還是背對著他。

「請問那位小姐……姑娘是誰？」曄廷好奇的問。當初他看畫冊時，就這個女子的背影讓他覺得特別熟悉。

「她是畫仙，就是她給我們取名字的。不過她現在去練眞氣了。」白盈說，她頭上的髮簪是黃玉黑紋，白底的長巾上繡有紅色菱形的規則圖樣，上面還有藍色的花紋。白盈講起話來聲音柔和，聽起來很舒服。

「她叫畫仙？什麼是練眞氣？」曄廷不懂。

「我們不知道她的名字，大家都叫她畫仙，因爲畫中的靈氣聚集在她身上，所以她可以在不同的畫作間來去自如，同時要掌管畫境，確保畫境的安全。她需要練眞氣，可是什麼是練眞氣，我也不是很懂，好像跟她體……」

「畫仙說，她體內之氣曾受過摧毀。」紅珊忍不住插嘴。她臉圓圓的，講話有點急。「所以需要靠練眞氣來維持，她不在這個畫裡的時候就是去練眞氣。你看到的就是她在畫裡的樣子。」

「她去哪練眞氣？什麼時候回來？」

「她是畫仙，當然就是去別的畫裡嘍。」水鳳撥撥她的粉紅長巾說。

「什麼時候回來我們就不知道了。畫境裡沒有時間，她練好自然就會回來了。」扶著白布的婢女零兒說。

曄廷對畫仙非常好奇，沿著畫面往右走，來到畫仙的身後。他小心翼翼的繞著畫仙走，可是不管他走到哪個角度，畫仙就是像畫面上那樣，一直背對著他，看不到她的正面，只能看到她高聳美麗的髮髻，髮上的玉石飾簪，白皙光滑的頸項，白色長巾上重複的六角形圖樣，紮到腋下高度金線繡花的綠色長裙，還有握在她纖纖細手裡的那根粗大木棍。

看來這些人都知道自己在畫裡。曄廷暗暗稱奇，不知道那是什麼樣的感覺，畫作裡自成一個世界。

「那你們在這裡做什麼？」曄廷問。

「我們在搗練啊！你看不出來啊？」玲素口氣有點驚訝又帶點不耐。她坐回席子，繼續手邊的工作。

「果然是來自蠻夷之邦。」

「可憐這孩子沒受過什麼教育。」

幾個女子竊竊私語，讓曄廷覺得有點尷尬。

「我們在治理絲帛，『練』是織品的一種，剛織好時質地粗硬，要經過搗、縫、燙等過程，才會變得柔軟光滑，可以拿來使用。」白盈有耐心又溫和的說，「我跟紅珊、心翠，加上畫仙，四人手上拿著的木杵，就是用來搗練，這布要經過用力的搗，才會變得柔軟。」

白盈讓曄廷試拿木杵，這木杵還眞是沉，看這些女子嬌弱的樣子，想不到力氣挺大的。曄廷暗暗佩服，不敢小看她們，也慶幸自己沒講出什麼「你們在洗衣服嗎？」這樣的蠢話。

白盈領著曄廷往前走，指著前面兩人。「她們在縫紉絲帛。」

曄廷這時清楚看到，庭院的中間有張綠色的席子，上面立著木頭雕刻的線軸，玲素坐在席上，雙手繼續纏繞著絲線；之釆坐在凳子上，專注的縫著手上的絲帛。書店裡的畫冊並不大，裡面的《搗練圖》看起來更小，原本在畫中不起眼的凳子，這時曄廷可以看出椅腳精緻的雕工，旁邊垂掛著翠綠絲線纏繞成的結穗，椅面精細的繡布上繡著翠綠色像迷宮一樣的幾何圖紋。

她們旁邊蹲著一個婢女，他記得她的名字叫小蘭。

「嘿，小蘭！」曄廷對她揮揮手。

小蘭很開心這個陌生人記得她的名字，害羞的笑了笑。曄廷這時可以看到，小蘭手上拿著一面扇子，扇骨細緻堅固，扇面上畫著鴛鴦戲水。她正用扇子搧著爐火，鑲著金邊的黑色爐臺，裡面的炭火燒得正旺。小蘭側過頭，用左手擋著撲面的熱氣。

忘音跟水鳳拉著用卷軸撐開的白匹，婢女零兒在中間扶著，現在曄廷也可以清楚看到，杏娥手上拿著、放在白匹上的東西是一個有附握柄的金屬銅盤，銅盤裡放著燒紅的木炭，在書上看時，還以爲是一盤紅色的花瓣呢！

「杏娥正在熨燙絲帛，你要不要去摸摸看那塊布？」白盈微笑著鼓勵他。

「可以嗎？」曄廷的眼睛亮了起來。

「你的手髒嗎？她都說我貪玩，手髒兮兮的，不可以摸布，你的手髒的話，也不可以摸喔！」小桃頑皮的看著他。

「我的手很乾淨！」曄廷看其他人笑著看他，沒有反對的意思，便走上前小心的伸出手，輕輕的觸摸拉平的白布。

「好細緻光滑啊！眞難想像這是用手工製成的！」曄廷忍不住讚嘆，絲帛摸起來柔軟卻有彈性，還可以感到熨燙後的餘溫。

「好開心啊！」「太好了！」「這小孩還挺識貨的。」「有人說喜歡我們做的布！」「第一次聽外人這樣說呢！」「我們做這麼久，總算聽到讚美了！」

畫中女子高興的停下手中的工作，興奮的聊起天來。

「沒有人這樣跟你們說嗎？怎麼可能？」曄廷不解。

「這幅畫裡，就我們十二個人，除了畫仙來來去去外，沒有別人來過啊！」畫冊封面叫忘音的女子看看他，「說到這，你是怎麼來到這裡的？」

「我……我不知道，我之前在看你們的畫，然後就莫名其妙的進來了。」曄廷突然感到一陣恐懼，「我……我會不會就待在這裡，回不去了？」

3

本來嘰嘰喳喳的一群人，忽然都安靜下來，愣愣的看著曄廷。她們也不知道怎麼回答他的問題。

曄廷感到一股寒意。

「待在這裡也沒有不好啊，」白盈柔聲的說，「我們也都在這裡，這就是我們的世界。」

「是啊是啊！」「你留下來啊！」「我可以教你搗練喔！」「我可以教你縫製衣裳！」「你可以幫我搧爐火嗎？」

大家又興奮的七嘴八舌起來。

「這裡大家都忙著各自的工作，你可以陪我玩！」小桃拍著手開心的說。

不要不要！他知道這些人是一片好意，可是他不想就這樣留在這裡！他要回家！

他深呼吸，先把心裡的恐懼放在一邊，想著該怎麼辦。

曄廷雖然是游泳校隊的一員，不過那是因為被教練看中他的泳技，不然的話，他其實是個安靜的人，比較喜歡一個人獨處，並不常參與班上的活動，會去以丞的生日會也是因爲知道儀萱會去。

平常他除了游泳之外，就是畫畫、看書，尤其那些解謎、找線索之類，和偵探推理有關的小說。他覺得讀這些書讓他的腦袋跟創造力更加靈活，所以時常沉浸在書中的世界裡，也經常拜訪勇伯的書店。

而他之所以欣賞儀萱，不只因爲她長得可愛，最吸引他的，是她那種不服輸，卻又不咄咄逼人的自信，看著她經常在學校比賽的舞臺上發光，讓他覺得自己心裡某個角落也閃著光芒。

是的，他也要有這樣的精神。他不能先慌張放棄，要想想看怎麼辦。

心裡生出動力後，曄廷開始回想自己怎麼來到這裡的。那時他在書店裡撞倒了書，撿起書後，翻到一本畫冊。他看著裡面的一幅畫，用手指沿著畫中的筆觸描繪，然後他就出現在畫裡了。而他用手指畫的人物，就是那個背對著他的畫仙。

一定跟畫仙有關！

曄廷再度走到畫仙的身後，她手上的木杵就是他在進入畫前最後觸碰的畫面，他心裡一動，或許這裡是關鍵！說不定這木杵是一個機關，只要再碰一次就可以回去現實世界？這次，他用手直接去摸木杵，他感到一陣輕微的冷意傳到手上。

曄廷嚇了一跳趕快放手，就在這時候，木杵動了起來，眼前的女子也動了起來，她轉過身子，面向他。

「畫仙回來了！」一群女子興奮的喊著。

「有一個奇怪的小男孩來到這裡耶！」「他是從哪兒來的啊？」「是你帶他來的嗎？」「他可不可以留下來陪我玩？」

大家圍著畫仙熱切的討論著。

「你們先靜一下。」畫仙舉起纖纖玉手，大家立刻安靜下來，她直直看著曄廷，「你是從哪兒來的？叫什麼名字？」

曄廷也看著她，畫仙打扮得跟其他人相似，穿著對襟寬鬆長袖，及地的長裙高束在胸部，頭髮高高從頸上束起，上面插著玉簪，不過她的臉型沒有其他人圓潤，小巧的臉蛋顯得特別精緻。她的皮膚白皙，眼睛細長，眼神帶著一股冷傲，曄廷覺得剛剛的那股冷意從她的目光傳到他身體裡。

「我叫顧曄廷，我來自現代。」他講完馬上知道這句話邏輯不通，對唐朝人來說，唐朝才是他們的現代。「我來自唐朝之後一千多年的時代，我住在臺灣。」

畫仙輕輕蹙眉。「你過來。」

曄廷覺得畫仙的話有股力量，讓他不能拒絕。他朝她走去，畫仙舉起右手，用食指抵著他的眉心。曄廷感到一絲涼意從她的手尖進到他的額頭、後腦、背脊，最後傳到四肢，更奇怪的是，他的身體裡也有股力量回應這股涼意。他覺得驚異，卻同時覺得那反應是那麼的自然。

畫仙臉上閃過一抹複雜的表情，但是隨後馬上恢復平和。

「原來已經過了千年了。」她輕聲說。

「是的，現在我們叫民國。不是任何王朝。」曄廷盡力解釋。

「嗯，我知道，那是清朝之後的年代。」畫仙點點頭。

這下該曄廷驚訝了，一個唐朝美女居然知道之後的清朝？

畫仙似乎看出曄廷滿臉問號，淺淺一笑。「我可以在畫裡面行走，不只唐朝有畫，之後宋、元、明、清、民國也有水墨畫。我從畫裡面可以看到朝代的演變。」

是了！如果畫仙可以去其他的畫裡，跟裡面的人物說說話，就可以知道畫中人物的朝代背景。

忽然，他不急著回家了，他也好想像畫仙一樣去別的畫裡看看。

「你知道你怎麼來這裡的嗎？」畫仙問他。

「我當時在書店裡看到一本畫冊，伸手描繪著畫中的筆觸，畫到你手上的木杵時，就發現自己進來這裡。然後剛才我又碰碰你的木杵，想說會不會也讓我回去，結果是你回來了。」曄廷回答。

畫仙看著他，眉頭微皺，想了一會又問他：「你知道我是誰嗎？」

「他們說，你是畫仙，你常常要去修煉什麼的。」曄廷說。

「是練眞氣！」紅珊忍不住插嘴。

畫仙沒理會，她表情凝重，沉思了一會兒。「你想不想去別的畫裡看看？我有事想跟你說。」

「真的嗎？」曄廷眼睛亮起來，「當然想啊！」

「我也要去！」「我可以去嗎？」「畫仙都沒帶我們去別的地方，不公平！」「是啊，也帶我們去吧！」

一群女子七嘴八舌的抗議著。

「你們沒有這樣的能力，曄廷不一樣，他有特別的能力，所以才能進來。雖然他的能力還沒完全顯現，不知道成不成，但是還是要試試看。」畫仙說話有一定的威嚴，其他女子雖然失望，但也安靜下來。

曄廷雖然不太明白畫仙的話，不過知道畫仙願意帶自己去，還是感到非常興奮。

「我們要去哪幅畫？」

「你過來，伸出你的手。」畫仙並沒有回答他，只是對他招手。

她的手指細長，白得像是可以透光一樣，曄廷從沒看過皮膚這麼白皙的人。

曄廷聽見她的召喚，走上前，伸出手。畫仙舉起木杵，在他的手心上一點，他再度感到一陣冷意，然後便發現自己站在一個大石上，四周天色昏暗。

「這裡是哪裡？」曄廷看了看。

「這是宋朝馬遠的《寒香詩思圖》。」畫仙回答。

跟《搗練圖》不同，這是一幅山水畫。曄廷所處的大石立在高聳的山崖頂端，下臨深谷，隔著山谷可以遙望東邊遠山，山稜層層高聳重疊。曄廷往下望，山谷雲氣繚繞，深不見底，一向怕高的他開始有點頭暈，還好前面有片竹籬，有茂密的翠竹擋著，讓他稍微有安全感。大石旁邊還有更高的石塊，右手邊有一片陡坡，六七株竹子疏落的長在上面。

此時太陽西下，東方一輪明月從山巒上升起，鳥群從天上飛過，發出啾啾叫聲。

「我爹說，我出生時，十五月亮剛從山頭升起，屋後的山鵲大鳴，我一直很想找類似那樣意境的畫，找了好久好久，唯獨馬遠這幅畫讓我最有感覺，我在這裡練眞氣的時間也最多。」畫仙看著遠山幽幽的說，「我對畫作施了法，我們的對話只有你我可以聽到。」

「原來如此。」曄廷看看四周，這裡環境幽靜，的確是修煉眞氣的好地方。

「咦，你手上的木杵怎麼……」曄廷驚訝的發現，畫仙手裡握著的木杵不見了，現在她手上握著一根很像掃把的東西。

「這叫拂子，或是拂塵，是用馬尾跟桃心木做成的。」畫仙用手拂過大約三十公分長的白色馬毛，看起來似乎非常的柔順，「這拂子才是我本來拿順手的，木杵只是障眼用的。」

「什麼意思？」曄廷滿臉疑惑的問。畫仙似乎有很多祕密。

「我們在這歇會兒，我慢慢跟你說。」畫仙用拂子在大石上輕輕一掃，示意曄廷坐下。

她雖這麼說，可是坐下之後，似乎在思考什麼，並不言語，曄廷也不敢多問。

「你真的記不起來我是誰？」一直沒說話的畫仙終於開口。

她問了同樣的問題兩遍了。曄廷心想，自己是不是認識她？但是不可能啊！現實生活除了爸媽、老師、同學，就是一些爸媽畫廊裡的前輩畫家們，沒有畫仙這一號人物，難道她是他上輩子的情人，前輩子的冤家之類的？他搖搖頭，忍不住胡思亂想。

「你喜歡畫畫嗎？」畫仙又問。這次曄廷點點頭。

「我爸媽在臺北開了一家畫廊，我從小跟著他們看畫家展覽的畫，自己也喜歡畫畫，最喜歡畫人物，不過我沒接觸過古畫或山水畫。我在書店無意間發現一本畫冊，看到你們的《搗練圖》，覺得很特別。」

畫仙只是輕輕點頭，沒有表情，看不出來她是失望他不懂古畫，還是高興他對畫畫有興趣。他發現，她老是陷入沉思，似乎很多事在她的腦海裡。

「我們爲什麼來這裡？」曄廷忍不住問，「你不是有話跟我說？」

畫仙又沉思一會兒，緩緩道來。

4

「這整件事要從我出生的朝代秦朝說起。我本來的名字叫月升，我娘生我的時候，月亮剛好升起，我爹爹就給我取了這個名字。我爹爹說，我一出生，身上就帶有靈氣，吸取月亮精華，還會抑水袪難，庇佑家人。所以我一滿五歲便送我去道觀學習。我的師父玄慈眞人帶著我跟我的師兄徐福，一起識字唸經、練眞氣、煉丹。他說我的身體屬陰，天生寒氣重，但是如果知道如何好好使用，會是一股很強的眞氣。所以我學了不少呼吸吐納修仙之術。

「當時的秦始皇焚書坑儒，極權專制，人民動不動就受到嚴刑峻法，苦不堪言。我們修道之人，不僅自身修習，還入世行走，儘量幫助被迫害的人民。」

曄廷讀過這段歷史，知道秦始皇的事蹟，也聽過徐福。

「我二十六歲那年，也就是秦始皇三十六年，決定回家鄉東郡看看。但我才來到山腳下，就感到一股陰氣撲面而來，這股陰氣黑暗腐敗，換成一般人可能馬上頭暈昏倒。我自小練眞氣，要抵抗它的力量只是區區小事，但是我知道，山上一定出事了，於是急忙往山上奔去。

「只見這座山處處霧氣瀰漫，愈往上走，邪惡之氣愈強，霧氣顏色也愈深。我一路用拂子驅散霧氣才能看到山路，到了村子口，已經幾乎變成黑色，而邪氣的力量大到我需要停下腳步，服下清心丹，運內力，讓內息全身順通遊走三回才能繼續。一般人在這裡早就吐血身亡了。」

「什麼是清心丹？」曄廷忍不住插嘴問。

「這是我根據師父的方子，自己研究調製的丹丸，用來調理內息，增強內力。」

曄廷點點頭。畫仙繼續往下說。

「我一路上山都看不到人影，平常孩子們聚集嬉戲的村子口也空蕩蕩的，當我走進村子，簡直不敢相信眼前的景象，」畫仙的語氣微微顫抖，「村民都在廣場上，只是一個個身首異處，焦黑難辨，全被堆起來像座小山丘。我忍不住放聲大哭，我爹爹、我娘親，還有鄰居、小時候的玩伴，統統都在這裡，慘遭橫死。」

曄廷看畫仙白皙的臉龐更加慘白，心裡也覺得難受。

「這時候，我感到一股力量牽引著我，本來我以爲是親情的牽引，但當我向前走近，卻只見堆起來的屍體忽然四散，頭顱四肢滾落滿地，中間露出一小塊空地，上面立著一塊焦黑的石頭。我感應到的力量，就是來自那塊石頭。原來那就是傳說中的闇石，來自天外，帶著黑暗力量的隕石。闇石用它的法力，讓我看到事情發生的經過。

「有天晚上，月亮剛出來，天上沒有一點雲，村裡的人不是剛吃完晚餐，就是在外面乘涼散步，這時，只聽到一聲爆炸聲，同時感到空氣中一陣氣流震動，房子被震得喀喀作響。村民們抬頭看，天邊出現一道又長又亮的光芒往山頭墜去，然後更大的一聲爆破聲，光芒爆成紅色的火球後瞬間消失，村民們驚異萬分，不知道異象是福是禍，戰戰兢兢睡了一晚，第二天，幾個比較大膽的人循著光線落下的方向往山上找，結果在一個山坳處，找到一顆大隕石。隕石上面還刻了字，寫著：『始皇帝死而地分』。

「村人紛紛說，這是上天降落人間，預言未來的闇石。這消息傳到秦始皇的耳裡，他大爲震怒，命人帶著士兵去村裡一一抓人來質問，是誰刻了字在上面？村子裡的人都否認刻字，等於暗示這是天意，這種凶兆讓秦始皇既生氣又害怕，最後下令殺光村子的每個人，還對他們處以車裂之刑，也就是後代說的五馬分屍，又把這些屍首堆放在闇石上，澆以燃脂，一把大火，全部燒了毀之。

「闇石吸取了全村好幾百人冤死的怨氣，加上本身的力量，慢慢形成一股巨大的黑暗之氣，這股黑暗之氣緩緩朝著村外漫出，它要找可以接收這股力量的人來當它的主人，可是它的力量太強了，一般人根本無法承受，連山腳都無法靠近，一接近就會嘔吐身亡，更不要說拿取這塊闇石，而我是唯一可以接近的人。

「闇石知道我能走到那裡，代表我的法力夠強。它告訴我，如果我願意與它的力量合而爲一，那我們就可以有無上的能力，一統天下。可是我拒絕了。雖然闇石的提議像是要把我當成它的主人，可是我知道，它擁有強大的黑暗力量，而我只會是被它附身的傀儡。本來以闇石爲圓心向外擴散的黑氣，現在全部向內收攏，一團團漆黑雲霧向我翻滾而來，它知道說服不了我，決定將我除去。

「我從沒遇到過這樣強大的力量，但我知道若是沒收服它，不僅我有難，天下蒼生也無法倖免。我運起法力，拿拂子跟它激戰了好久，好幾次我以爲拂子要被它折斷，我要被它殺死，但最後總算慢慢控制住它。身邊的黑氣愈來愈淡，邪氣愈來愈弱，而我當時也很疲憊了，正用最後一股氣力把闇石包覆起來，封印它的力量。

「就在它的力量被封印住的刹那，我感到有股力量向我襲來。原來闇石的大部分力量雖然被我封住了，但是因爲我眞氣耗弱，沒辦法完全控制住，所以有一小部分的力量竄了出來，同時趁我沒能防備，竄進我的體內。我運氣想抵抗，卻發現我的身體不由自主的接受，那股氣一下子就從我頭頂的百會穴進入，從頭、頸、軀體，到四肢百骸，灌入我的全身。

「我趕忙運氣抵抗，費了好大的功夫總算沒讓它控制我，但我也發現，我永遠無法擺脫它。我之後的歲月必須每日每夜不斷的練氣，才能和闇石的力量和平共處。過了一段時間之後，我發現，它給了我長生不老的力量。」

「你是說，它被消滅前，還把長生不老的法力給你？」曄廷覺得不可思議。

「不算它『給』我的。應該說，永生長久的力量就是闇石本來的強大法力之一，它帶著這一部分的力量進入我的身體了。」

「怎麼這麼好？」曄廷瞪大眼睛。

「你覺得長生不老很好嗎？」畫仙側著頭反問。

「人都會怕死，現代人努力運動養生，就是希望可以永保年輕，像你這樣。」曄廷一邊說，一邊想起自己讀過的歷史，「當時秦始皇費盡心力召集上千名方士煉丹，就是要找到讓他長生不老的方法，讓帝業永遠延續下去。」

「沒錯，當時我師兄徐福就是被秦始皇召用的方士之一，師兄知道我可以長生不老後，鄭重警告我，千萬不要讓任何人知道，否則秦始皇不會放過我的，若不是逼我把能力傳給他，就是心懷妒恨把我殺了。」

「可是你既然長生不老，別人又怎麼殺得死你？」

「長生不老跟刀槍不入是不一樣的，長生不老只是讓我的身體不會因爲歲月而損壞，在沒有外力干擾下，我可以活得長長久久。但是，如果有人拿武器，或是用法力傷害我，我還是會死的。」畫仙解釋。

「原來如此。」曄廷點點頭，看來這闇石的力量不簡單。「那如果……你遭遇意外呢？」

「你是說，如果我死了的話嗎？」畫仙眼睛瞇起來，「這就是這個闇石可怕的地方，它在封印前讓一部分的力量進到我身體裡，緊緊依附著我，讓我的肉體不會衰老，同時也一天天吸取我的能量，伺機而動，希望有一天可以壯大自己的力量，然後反噬，把我的力量壓下去，它就可以重新再起。這些年來，我要不斷的運氣才能制住它，但是，如果我的肉體死了，這部分的黑暗力量不會消失不見，它會帶著我的法力，喚醒我設下對闇石的封印，闇石的力量會重現人間。」

「這太可怕了！」曄廷忍不住皺眉，「你封住它的力量後，把石頭放到哪？」

畫仙看著他，想了一會兒。「我也不知道它在哪兒。」

畫仙自己處置了闇石，怎麼可能不知道它的下落？她一定是不想把這麼重大的祕密隨便告訴別人，曄廷知趣的不再追問下去。

畫仙對於他不再追問似乎很滿意，繼續說道。

「雖然我封住闇石的力量，但是我時時刻刻擔心，如果哪天我遇到什麼不測，讓這股黑暗力量重新出現，那我所承受家人慘死、師兄遠離，孤身活在世上的辛苦不僅白費，天下蒼生恐怕也要遭到前所未有的劫難。所以我努力練真氣，強健自己的內外功夫，此外，我還煉製了清心丹，同時修習法術，尋求其他的解法。

「後來，我想到一個方法，如果我收徒，把法力傳給數個不同的人，是不是就可以把體內黑暗的力量分散？這樣，哪天我死了，還有其他人可以鎮住它。」

「這方法不錯。」曄廷點點頭，覺得畫仙是個謹愼小心，思慮縝密的人，每次講話都會仔細斟酌，而且她明明法力高強，制伏了闇石，又長生不老，還能設想這些安排，眞不簡單。

「方法是好的，可是有幾個問題要解決。」畫仙頓了頓，細細分析起來，「這些人本身能力要強，如果資質愚鈍，是學不會上乘法力，也鎭不住黑暗力量。另外一個問題是，人的生命有限，不能長生不老。」

「對呀，我怎麼沒想到！那怎麼辦？他們都會比你早死，死後他們的法力呢？」

「把闇石封住後的第二年，我開始四處物色資質好的孩子，收他們爲徒，有的還沒學到法力就早死，有的學到法力可以延年益壽，但終究還是會抗拒不了天數。不管是早夭、意外，還是死於天命，他們死後力量潰散，我必須吸納回來，再重新另覓人選。

「所以除了收弟子，我持續鍛鍊眞氣，研究命數，想找出解決的方式。後來我想到一個方法，我注意到父傳子、父傳女、母傳子、母傳女，這種代代相傳的力量，那種靠著血緣傳遞的神祕力量是我之前沒有想過的。」

畫仙看著曄廷，好像怕他聽不懂。

曄廷點點頭。「我知道你的意思，現代我們叫遺傳，因爲生物體有DNA，也就是基因，靠著基因的傳遞，所以你的子女、子女的子女會帶有你的特徵，決定你的個性、性別、外貌、體質等，而且……」曄廷趕快停下來，他發現畫仙表情開始凝結，他的話太科學了，一定讓畫仙很困惑，「不用理我，你繼續說你的發現。」

畫仙想了好久才又開口：「經過幾百年的內外功修習，我練就一個新的法術，叫隱靈。這個隱靈術讓我把法術傳給弟子後，如果他們盡得眞傳，在他們死後，這些法力便會隨著血脈傳給下一代。」

「那是每個小孩都會擁有法力嗎？」曄廷問，「還是只有長子？還是看誰的能力比較強？」

「隱靈有一種特別的力量，修習它的人只能單傳，可男可女，但是他只能有一個孩子，也一定會有一個孩子，這個孩子之後會繼續將法力傳承下去。當然，得到法力的孩子不是一出生就展現所有的能力，這個法術之所以叫隱靈，就是這個力量雖然隨著血脈的傳承，傳到下一代，但是隱身在體內，直到時機來到的時候才會顯現。」

聽起來有點像生物課上學到的隱性基因。曄廷記得老師提過，像是紅綠色盲是X染色體所帶的隱性基因，父母有可能都沒有色盲，可是如果女性帶有色盲的隱性基因，那她和伴侶生下的小孩中，男孩就有一半的機會出現色盲。

當然，法力不像基因可以用科學來證明，原理複雜得多。

「什麼是時機來到的時候？」他問。

「就是闇石力量再現時。」畫仙說。

5

畫仙頓了頓，繼續道：「唐朝時，我收了五個徒弟，教給他們內外功夫，鎮魔驅邪等各項法術，他們還依循各自的強項發展了法力。我告訴他們闇石的事，如果那股暫時被封印住的黑暗力量安分如昔，那他們從我這所得到的法力，會隨著血脈自然傳承給他們的子女；但如果闇石在世上重現，他們的後代身體裡面的隱靈便會喚醒所有的記憶跟法力，五人合作，就可以再度鎮鎖黑暗的力量。」

曄廷若有所思的點點頭。

「你想起什麼了嗎？」畫仙看著他。

「沒有，對不起。」曄廷抱歉的說。

「沒有關係，沒記起也好，代表闇石的力量沒有再現。」畫仙口氣淡然。

「你的意思是我有隱靈？難道我是你的弟子的後代？」曄廷的語氣帶著期待，又有點興奮跟害怕。

畫仙看著他，眼神直直望進他的眼底。「是的，之前我觸你眉心，探知你的內力，我知道，你是張萱的後代，張萱就是畫《搗練圖》的畫家，也是當年我的徒弟之一。」

曄廷瞪大眼睛。這是真的嗎？太不可思議了。如果是這樣，那是爸爸，還是媽媽是張萱的後代呢？曄廷心想，爸爸那邊有兩個叔叔，一個姑姑，而媽媽沒有其他的兄弟姊妹。他知道外公也是獨生子。

「我的媽媽是獨生女，所以她是張萱的後代了！」曄廷又想到一件事，「那如果闇石現在出現，我跟我媽媽，還有我外公，身上的隱靈就會被啓動？我們都會有法力？」

「你今年幾歲？」

「十五。」

畫仙點點頭。「隱靈會在生命傳續中給了下一代，當下一代長至十五歲時，這一代的隱靈就全部傳給他的子或女，本身就沒有法力了。」

「所以，如果我年紀小的時候，我媽媽就身負隱靈的法力，如果闇石出現的話，是她有法力可以對抗。一直到我現在十五歲，隱靈就在我身上了。」曄廷領會的點點頭說。

「這樣一來，才能聚集法力的能量，而不是每個人都有。」畫仙說。

「另外四個徒弟是誰？他們的後代現在在哪？你是怎麼跑進張萱的畫裡？那我又怎麼跑進畫裡的？我是不是也有什麼特別的法力？」曄廷一口氣問了好多問題，他實在有太多的疑問了！

想到自己可能有法力不禁讓他感到興奮，可是又想到如果隱靈再現，代表闇石的力量也會再回到人世間，那可就不妙了。

「我知道你有很多問題，有些我可以回答。」畫仙說，「不是我自己跑進張萱的畫裡，是張萱把我畫進去的。」

畫仙看曄廷滿臉不解，繼續說，「張萱當時得到我不少眞傳，他在人物繪畫上有卓越的技巧，可以把人物的相貌、神情、動作，唯妙唯肖的表現在絹布上。跟著我修習法術後，他還可以運用法術，進入自己的畫作裡。他謹聽我的規定，法術一事志在自我修行，不是用來炫耀、作惡，不曾用在其他人身上。他也曾經告訴我，進入畫境後，想要回現實世界也要靠法術的力量，所以不是任何人都可以隨便進出畫作之中。

「不久後，我遭到暗算，身受重傷，需要一個可以安心養傷的地方。張萱想到他的特殊法術，便運用法力把我畫進畫裡。他當時正在畫那幅《搗練圖》，本來他只畫了三位仕女用杵搗練，爲了我特別在右方加上一位人物，而且特地不畫正面，並且把我常用的武器拂子畫成搗杵，讓別人完全認不出來。」

「所以你是爲了躲避仇人才進入畫裡的。」曄廷恍然大悟的說，「誰暗算你？他跟你有什麼仇？你後來練好眞氣，回到眞實世界了嗎？」

「你的問題眞多，」畫仙微微一笑，可是沒有直接回答他的問題，「張萱的獨門法術非常特殊，不過本源出自於我，所以我們的法術某些部分可以相通。他告訴我一些心法竅門，所以待我的內力武功都恢復後，就可以從畫裡回到眞實世界。

「我在畫裡潛心練眞氣，每幅畫裡的人、物、景，都是畫家們精心注入的心血，飽含無上的力量，對於觀者來說，帶來無限的欣賞喜悅跟視覺震撼；而我更因爲進入畫中的機緣，讓我可以取得畫中物品的精髓，用來練眞氣。經過我長年的修習，我的法力不僅更加深厚，還可以從《搗練圖》中進出其他的畫作。我的形體雖被畫進畫裡，可是我的元神眞氣卻可以在畫中自由行走，於是畫中的人物便叫我畫仙了。」

「用畫裡面的東西來練功？太神奇了！」曄廷忍不住驚嘆。武俠小說裡武功高強的俠客，不是在正派名門底下努力練功，就是無意中找到武功祕笈，或是吃下什麼神奇藥物，他是第一次聽到畫裡的東西可以增強功力。

「可是，畫作向來不容易保存，常常因爲改朝換代，或是更換收藏者時，遭到破壞損毀，裡面的人或物也就跟著銷毀了。像張萱的那幅《搗練圖》。」

「等等，你說張萱的搗練圖已經被毀了？」曄廷搞迷糊了，剛剛他不是在畫冊上看到畫，還進到畫裡嗎？

「你看到的，不是張萱的原圖，那是宋朝時宋徽宗的臨摹。」畫仙的話讓曄廷想到，畫冊上的確寫著這幅畫是宋徽宗摹本。

「宋徽宗愛好藝術，收藏很多唐朝留下來的名畫，自己也喜好畫畫、書法。你看到的，就是他臨摹張萱的《搗練圖》，而原來的畫已經被毀了。」

「爲什麼？誰毀了它？」曄廷也忍不住覺得心痛，那是他祖先的畫作耶！

「我們在畫裡，看不到外面的世界，不知道發生什麼事。」畫仙黯然的搖搖頭，「那天，我離開《搗練圖》，來到宋朝郭熙的《早春圖》。你看過《早春圖》嗎？」

「沒有。」曄廷有點難爲情的搖搖頭，不過他馬上想到，「我聽我爸提過，那幅畫在臺北的故宮博物院，是故宮的三寶之一。」

「想看嗎？我現在就帶你去看吧。」

「眞的？當然想！」曄廷瞪大眼睛，想不到他可以近距離欣賞這幅名作，他興奮的跳了起來。

畫仙看他一臉嚮往的樣子，淺淺一笑，舉起拂子，在他手心一點，曄廷馬上感到全身一股冷意。

這次冷意沒有馬上消失，還愈來愈冷。曄廷忍不住全身發抖。

「這幅畫是描繪冬天將末，春意微透的景色，嚴冬的枯木還沒萌芽，溪水也才解凍，所以還是很冷冽。」畫仙用拂子往他胸口拂去，他感到一陣暖意鑽入全身，馬上覺得舒服多了。

曄廷動動手腳，活絡一下筋骨，外面的溫度的確還是很低，一陣風吹來，刺得臉麻麻的，不過身子是暖和的。他看了看四周，發現自己站在一塊大石上，往前望去，遠方有座高山，山勢雄偉聳拔入天，山上沒有大樹，奇峰怪石的輪廓在稀疏矮小的樹叢間一一呈現。

隔著悠邈的山谷，層巒相疊的石崗間長著疏落的樹林，有的筆直挺拔，有的蜿蜒曲折，各有姿態。深山巨石上居然建有幾棟宏偉的閣樓，曄廷忍不住想，住在深山裡的人每次要採買日常用品跟食物，一定很不方便。但，畫裡面的人應該沒有這個煩惱吧？不過當他抬頭看，卻發現左邊山路的溪橋上有人挑擔趕驢，氣喘吁吁，看來畫中人也是需要生活的。

溪水從石崗兩側，隨著石頭的肌理順勢流下，在不同的高度落差間，形成大小不同的瀑布，要不是天氣冷，他很想跳下去游泳。游泳校隊大多在泳池練習，如果可以在瀑布下游泳一定很刺激。

「畫仙早啊！」一個宏亮的聲音響起，曄廷看到右手邊的湖水裡有個舟子在撐船，後面另一個漁夫在撒網捕魚。

「三哥早啊，」畫仙點點頭，「大慶，今天捕了多少魚？」

「六條！」那個漁夫喜孜孜的說。

「汪！汪！」一隻小黑狗跑了過來，興奮的在畫仙腳邊跳著，然後好奇的聞聞曄廷，一邊搖尾巴一邊警覺的看著他。

畫仙搔搔小黑狗的頭，同時向著左邊揮揮手。曄廷也轉過頭看，一艘小船剛靠岸，一家人下了船正準備回家。男子肩上挑著雙擔，裡面的物品看起來頗具分量，他彎著腰，微微喘著氣，可是臉色溫和滿足。女子抱著嬰兒，轉頭跟著男子講話；一個小男孩走在前面，肩上也挑著小擔子，腳步輕鬆，喊著他們的狗。

「小黑，我們回家嘍！」

小黑狗聽到呼喚，乖巧的奔回去主人身邊，不過還是用好奇的眼光看著曄廷。

「那天我在上面瀑布下的潭水邊練眞氣，」畫仙看著他們一家人走進屋裡，繼續說道，「忽然感到全身一陣劇痛，如火燒一般的灼熱。我低頭一看，發現我的衣服燒了起來，火焰緊緊包覆著我，儘管痛楚難當，但我還是用盡全力，奔進水裡。我天生親水，可以自在的運用水的力量。爹爹說我出生那天，外頭下著大雨，家裡的屋頂也在漏水，但我用手一指，就讓水不再滴進屋子裡。這也是我可以在水墨畫裡面行動的原因之一，這些畫都是畫家用墨、水調和丹青畫成的。

「我進入潭水，走向瀑布，讓水覆蓋沖刷我全身，滅去身上的火焰，同時我也借水綀貞氣，得以保有部分法力，總算沒有跟著畫被燒毀。不過原畫裡面搗綀的姐妹們，都隨著畫消失了。」

「那我剛剛看到的那些女子是？」

「宋徽宗繪畫功力卓越，臨摹得非常逼真，把張萱畫的人物表情神態抓到七、八分，所以在這幅畫裡，這些女子跟原畫裡的女子長得十分相像，但是已經不是原畫裡的人物了。」畫仙的語氣有些黯然。

「那他臨摹你的部分呢？不就又多一個你出來？」曄廷又問，他覺得整件事玄之又玄。

「原畫燒毀後，我原來的形體也被毀了，我回不去原來的畫裡跟我的形體會合。後來我來到宋徽宗臨摹的那幅《搗綀圖》，這形體跟我原來的樣貌有七、八分像，我運功施法，才把我的元神貞氣跟這形體結合。」

「這樣你就又可以回到現實世界了！」

畫仙搖搖頭。「你不懂畫作的力量。臨摹不管多維妙維肖，還是不能完全取代原畫的精髓，原畫被毀後，我等於再度受了重傷，內外都得重新綀起。我雖然存活下來，法力也慢慢恢復，但是我從張萱的畫進入，就只能從那幅畫回到眞實的世界。而那幅畫已經毀了……」

「原來如此。」曄廷看著畫仙，替她難過，她等於永遠被困在畫裡了，「你會想回到眞實的世界嗎？」

畫仙微微偏頭，看不出表情。「剛開始會，我努力練眞氣，修法術，想找出新的法力讓我可以走出畫境，可是一直都沒成功。後來我看淡了，千百年來，多少畫作產生，我在畫之間遊走，看盡不同的山水人物，也是愜意。我的親人秦朝時就死了，我最後收的五位徒弟現在也早不在人間，他們的後代不會認得我，除非闇石的力量再現。」

這話讓曄廷又不安起來。「那我怎麼會來到畫裡的？那個闇石眞的安全嗎？」

「我施給五個徒弟隱靈，黑暗的力量再現時，他們的子孫才會完全恢復法力跟記憶，你什麼都不記得，也沒有法力，可見闇石的力量還是被封印住。但是，你進入祖先張萱的畫裡，還可以把我從別的畫裡喚回去，這不是緣分兩個字就能解釋清楚的，一定有別的力量。」畫仙皺著眉頭說。

「什麼別的力量？」曄廷的話才說完，忽然一道灰影從天而降，同時他感到身體被迅速往後拉，然後砰一聲巨響，一樣事物重重的摔到他面前。他驚魂未定，定睛一看，是一株大松樹，這松樹跟山石上的松樹長得很像，只是它的下半部一大片都是黑的。松樹的樹幹挺直，樹枝則蜿蜒扭轉，尖銳如爪。

曄廷才這樣想著，橫躺在地上的大樹居然動了起來，像是一隻巨型怪獸在地上奔走，鷹爪一般的樹枝猛然朝他抓來。

6

畫仙拉著曄廷的手臂往後疾退，同時用拂子對著松樹一揮，松樹向後退了一些，但是它身邊伸出更多爪狀的樹枝，像是武器一般，繼續對著他們進攻。

畫仙臉色凝重，這次，她快速舞動拂子，一一擋去樹爪的來勢，然後把樹逼退。她一聲低喝，舉起拂子向前一指，柔軟白色的馬尾毛端射出一道白光，那白光清澈得像是透明一般，只見這光照在松樹上，把松樹整個籠罩，松樹不再動彈，然後光芒變成光束，咻的一聲，被吸進拂子裡。

「剛剛那個……那個……怎麼會這樣？」曄廷心有餘悸，即使他親身經歷，還是講不出「松樹攻擊人」這樣的話。

「你覺得，像這樣一幅畫，要畫多久？」畫仙沒有回答他的問題，問他一句沒頭沒腦的話，不過曄廷知道她一定另有深意。

曄廷看著雄偉的高山，矗立的石崗，蜿蜒的樹枝，華麗的建築，流動的溪水，生動的人物，肅敬的說：「這麼複雜精細，應該要畫很久吧？而且水墨下筆不能塗改，應該失敗了很多次才能有這麼一幅極品吧？」

畫仙點點頭。「不錯，你找到重點了。每幅名畫完成前，一定經過很多次的練習，有很多的敗筆。畫家們要求高，一試再試，一改再改，才會有眼前傳世的作品。但是那些被畫下來失敗的作品呢？那些被畫壞的人物、山水、物品，也是帶有力量的，只是後來都被燒毀了。我發現這些被燒毀的力量有時候會出現，那些畫壞的、作家不滿意的筆觸，會出現在最後完成的畫裡。」

畫仙看曄廷滿臉疑惑，又說：「這樣比喻好了。人死後，有的魂魄在人世間逗留，我們便稱爲鬼，或鬼魂。」

曄廷想了想，點點頭。「所以這些是畫鬼？」

「是的。之前，這些畫鬼只是飄浮在畫裡，出現一下就消失。」畫仙繼續說，「可是最近他們的力量愈來愈大，有的人物會說話，有的物品會砸人，今天，這個松樹居然會攻擊人！這是之前不曾發生過的事。」

「你剛剛說讓我進來的別的力量，跟這個有關嗎？」曄廷問。

「你是說，讓你進來畫裡的力量，也是讓畫鬼力量變強的原因？」畫仙瞇起眼睛，陷入思考。

「我只是覺得怎麼那麼剛好，都在同一個時間發生。不過應該是兩個不同的力量吧？不然畫鬼不會來攻擊我。會不會我剛好得到什麼力量，可以進來，可是有人不希望我進來？怕我破壞他的計畫？」曄廷猜測。

畫仙不再言語，他們隨意在山邊走了一會兒，畫仙走在前面沉思，保持緘默。

「你要不要跟我去巨然的畫？」畫仙看著曄廷說。這句話聽起來像是詢問，可是口氣帶著不容反駁的堅定，曄廷信任她，很自然的點點頭。

拂子再度點向他的手心，轉瞬間曄廷發現自己置身在一條山路上。山路彎彎曲曲，高低起伏，看起來並不好走。兩旁都是筆直的樹林，樹葉茂盛，林子裡帶著氤氳之氣，感覺非常幽靜。

「這裡是哪裡？」曄廷問。

「這是巨然的《層巖叢樹圖》。」畫仙回答。

「我們為什麼來這裡？」

「我們邊走邊說。」畫仙領著他，順著山路，往深山走去。

畫仙雖這麼說，可是開始上坡之後，她似乎在思考什麼，並不言語，曄廷也不敢多問，緊緊跟在畫仙後面。畫仙看起來纖細瘦弱，穿著長裙似乎很牽絆，可是居然走得又穩又快；曄廷不服輸，走在她身側維持一樣的速度上山。

他一邊走一邊張望，前面有兩座山，雖然山勢並不特別雄偉，也沒有綿延千里，峰峰相連，就是兩塊巨大的山石，中間有著崎嶇的山路，還有層層相疊的林子。這裡看不到人煙，也沒有飛鳥走獸，感覺特別靜謐。

他們穿過林子，繞過一條小徑，前面的山石清楚的呈現在曄廷面前，他忍不住為眼前的景色驚呼，斜斜錐狀的山峰中間被雨水沖刷出一個大山坳，黑黑的凹槽看起來像一顆大蛀牙，上面比較軟的土質被沖走，露出底下一顆顆晶亮的白色石頭，旁邊的山壁也可以看到雨水沖刷的痕跡，堅硬的石壁上到處是一條條細細蜿蜒向下的水刻痕。

這座山好奇特啊！曄廷忍不住讚嘆周遭的美景。

曄廷經常游泳，體力不錯，但此時也開始氣喘吁吁，可是畫仙走起來就像仙人一樣，面不改色，氣定神閒。他們又走了好一會兒，畫仙總算停下腳步，指著樹林上頭，「現在你可以看到第二座山。」

曄廷抬頭一看，剛才遠看以爲它跟第一座山差不多大小，現在靠近，發現這第二座山更高大雄偉，造型更有變化，最尖的山頭像是被利斧切過，鑿出一個大缺口，缺口下方跟前面的「蛀牙」一樣，山勢被雨水沖刷成凹槽，露出白色的石塊。

「那些白白的石頭是玉石嗎？」曄廷問。

「那是礬石結晶，江南一帶產礬石，在浙江安徽一帶。這個畫家叫巨然，是一個僧人，他畫出大雨洗刷山石緩和拖曳的線條，這種畫法叫披麻皴，或麻皮皴，而一顆顆石頭露出的白色礬石結晶，這種畫法則叫礬頭皴。」畫仙解釋著。

曄廷不懂這些古畫用語，暗自心想，等回去後一定要好好研究一下。

畫仙帶著他，來到山腰的樹林裡。

「你坐這。」畫仙示意他坐在一個大石上，「巨然是一位有德的僧人。他師法董源，身修佛法，同時內外兼備，他的畫作筆法堅韌渾厚，同時蘊含很多的能量，對練眞氣很有幫助。」

曄廷瞪大眼睛。「你……要教我法力？」

「我先教你練眞氣，你的隱靈還沒出現，也就是之前張萱傳給你的法力不能用，但是我可以教你一些我在這裡練成的法力，讓你可以健體強身，保護自己。」

曄廷沒想到自己也可以學到法力，他感到心跳加速。「謝謝畫仙！」

畫仙只是輕微的點點頭。「我知道你現在很興奮，但這樣會造成心脈活絡、血氣賁張。我要你先深呼吸，把自己穩下來。」

曄廷覺得有點不好意思，好像太浮躁、太沒定力了，希望畫仙不會對他的表現感到失望，放棄教他法力。

他趕快坐正，兩眼直視前方，緩慢吸吐，調整氣息。

「好，繼續保持。」畫仙的鼓勵讓他的心緒更穩，「眼睛微閉，兩手在身前自然交握，等下我會把手放在你的頭頂，你會感到我的力量進入身體裡，那是要先引導你的眞氣出來，不要怕。懂嗎？」

曄廷點點頭，閉上眼睛，持續穩定呼吸，沒多久，一隻冰涼的手按上他頭頂，他感到一股力量從頭滲入，緩慢的延伸到頸、胸、手臂、腹部、下肢，然後再按著來時的順序，回到頭頂。這樣來回幾次，曄廷覺得丹田有股暖氣出來，順著畫仙的涼氣在身體內遊走。

「不錯，進度很快。」畫仙低聲說，「現在你有了眞氣，可以練五行氣。首先我要引這裡的土地之力來幫你。」

曄廷這次感到屁股下微微的震動，像是地震，但較輕微。震動穩定而持續，然後一道溫和的力量從臀部傳上來，融入自己體內的眞氣，繞行全身，緩緩的定在脾胃的位置。

「這個氣來自五行中的土，世上萬物生長於這個土地上，是最基本的。它有吸納、涵養的功能。先有這個力量，才能有其他的力量。」畫仙引領著曄廷的眞氣繞行，確定兩股氣結合無誤。

「哈，那我就帶著土氣了。」曄廷半開玩笑說。

「沒錯。」畫仙表情認眞。

「所以，這幅畫就是專門練土氣的地方嗎？」曄廷好奇的問。

「畫裡每個景色、器物、人物，都是畫家的心血，飽含各種能量，只要你懂得如何使用法術，就可以從中吸取能量。所以不一定得要這幅畫，只要讓你有感覺的畫作，裡面含有土性質的東西，都可以從中得到土氣的力量。」

「你說要『有感覺的畫作』，那什麼樣的感覺才是對的？」

「感覺是因人而異的。我喜歡清靜的地方，而這裡的山石帶著佛法的能量，相較於其他幅畫，我在這練土氣頗有進展。我想你對畫作不熟悉，所以先帶你來此，如果你對其他幅畫的土地比較有感覺，也可自行找畫修習。」

「不用不用，」曄廷趕忙說，「我對山水畫接觸還不多，這幅畫裡山稜險峻，感覺就很有氣勢，我也覺得很棒！」

畫仙點點頭，不再多說，繼續引領曄廷的真氣跟土氣會合，好一會才又開口。

「你試試看，能不能自己運行真氣。」畫仙的手還放在他頭頂上，不過她的力量已經撤走。

曄廷有點緊張，他再一次深呼吸，定下心，然後按照畫仙剛才的方式，把丹田裡那股暖氣引出來，不過還是無法讓這股氣像剛剛那樣繞著全身遊走。他對自己很失望，害怕畫仙覺得自己太笨，不想傳授法力給他了。

「好，還不錯，第一次練就可以自己引動眞氣，不過要能運行還得再練一段時間。」

曄廷聽完放下心。畫仙將手移開，又說：「目前先這樣，你先自己練習，等土氣跟眞氣的運行平順之後，我還要引給你金、木、水、火其他四種氣。」

「那我可以先回家嗎？」曄廷問。想到自己進來畫裡這麼久了，不知道回去後會怎樣？會不會像日本浦島太郎的故事那樣，跟著被救的海龜到龍宮做客幾天，結果回到人世間，卻發現幾百年過去了，人事已非。甚至更慘的，他會不會像畫仙一樣，一輩子被困在畫裡，永遠也回不去？

「也好。你先回去，但是進來畫裡的事，沒有我的允許，誰也不可以提起。你可以答應嗎？現在有些不明的力量流竄，我還不知道原因，爲了你的安全，也爲了畫境的安全，先不要張揚你的能力。」畫仙用冷冽的眼神看著他。

「可以。」曄廷想也沒想，用力點頭。

「好，我帶你回去！」畫仙放心點頭，接著用拂子在曄廷手心一點，他們便回到了《搗練圖》。

「你去了哪幅畫？」紅珊第一個發現兩人回到畫中，著急的語氣顯得很好奇。

「他們回來了！」「你看到什麼東西？」「說來聽聽嘛！」「別幅畫裡的人也是這樣每天工作嗎？」「其他的畫裡有很多人嗎？」

其他女子也七嘴八舌的詢問。曄廷可以想見爲什麼畫仙要帶他去別的畫裡，要是待在這裡，這些人一直插嘴問問題，她講到天荒地老也講不完。畫仙沒有多作解釋，只是要她們繼續回去工作。

一回到《搗練圖》，畫仙的拂子馬上變回木杵。這回，她舉起木杵在曄廷面前。「記得，你來到這幅畫裡，就要從這幅畫回到你的世界。運起你的眞氣，心裡想著你的世界。」

「那我還可以再回來嗎？」曄廷問。

「可以，我希望你把另外四種氣練全。你先回去，你走後，我會在這幅畫設下氣結咒，等你把土氣跟眞氣運行周全後，自然可以再回來。」

「什麼是氣結咒？」

「那是我師父自己練成的一個法術，他用眞氣加上法力，在場域中設下一個安全的範圍，很像佛教說的結界。」

曄廷聽過「結界」這個詞，手遊電玩中常出現，原來那是佛教用語。

「你進得了畫境，我怕有其他不乾淨的力量也可以進來，所以先設了一個氣結咒，保護這幅畫，同時也是爲了保護你。」

「什麼意思？」

「等你可以運行眞氣跟土氣，這樣再遇到畫鬼攻擊，你就有基本的內力保護自己。」畫仙解釋，「好了，照我的話運行眞氣，專注在你的世界，然後碰一下我的木杵，回去後記得要勤於練眞氣。」

曄廷點點頭，依照畫仙的話做，等他再次睜開眼睛，果然身在勇伯的二手書店。眞的回來了！他鬆了一口氣，不過同時也懷疑，剛剛自己眞的去了畫裡面嗎？看看四周，一切如舊，他會不會只是不小心睡著，做了個夢而已？

「咦？你還在啊，我以爲你回家了！」勇伯懷疑的看看他，不過注意力馬上又被引走，「啊，怎麼書掉一地？這是二手書店，不是垃圾回收站，老是有人看完書隨便亂丟。」

這些不是新書，但是勇伯對這些二手書非常愛護，他總是說，被看過的書最有價值，因爲裡面不僅有作者的想法跟創作，還有看過的人的心情跟詠嘆，他希望藉著買賣二手書，讓更多喜愛閱讀的人的情感融在書裡。

「對不起，是我不小心把它們弄倒的。」曄廷不好意思的說。他剛才專心看畫冊，沒有全部收好。

「我叫了你幾聲都沒回應，也沒看到人，你跑哪裡去了啊？被書埋起來啦？」勇伯開玩笑的說。

「我……」

剛剛去了畫裡面了。曄廷答應過畫仙不能說，但話說回來，就算他說出來也沒人信。不過勇伯沒等曄廷回應，已經彎下腰收拾起來。

曄廷幫忙勇伯把書放好，正要離開，勇伯叫住他。

「對了，差點忘了，剛才找你是因爲我看到這幾本書，想說你喜歡畫畫，可能會喜歡。」勇伯遞給他一疊書，曄廷看了一下書名，有《鉛筆人像素描》、《唐宋名畫精選》、《山水畫入門》、《中國美術史》、《後現代表現主義畫派》、《一〇一張古畫欣賞》、《古畫臨摹技巧》。

太好了！在畫境裡，畫仙領他去了幾幅畫，可是他對那些畫完全不懂，過去也沒看過，心裡正覺得很慚愧。在親自經歷過畫境裡不同的美後，他眞的很想看看這些畫作眞實的模樣。這些書來得正是時候，有中有西，有古有今，回家要好好研究一下。

「這些書我都要！還有這本。」曄廷把手上的《中國古畫精選》也放上櫃臺。

「眞的？」勇伯又驚又喜的看著他，「好，統統打對折給你！」

曄廷抱著手上的書回家，等不及要翻看。

7

曄廷一連幾天都在看那些書，還上網找資料。畫仙說的隕石事件，《史記》上有記載：「秦三十六年，熒惑守心。有墜星下東郡，至地爲石，黔首或刻其石曰『始皇帝死而地分』。始皇聞之，遣御史逐問，莫服，盡取石旁居人誅之，因燔銷其石。」

原來歷史上眞的有這件事。

至於那幅《搗練圖》摹本，現在收藏在美國波士頓美術館裡。他原本還打算去故宮欣賞，原來畫不在臺灣。至於祖先張萱的原畫，一幅都沒有流傳到現在。北宋年間，官方編撰了一本《宣和畫譜》，裡面對於當時宮廷裡所收藏的畫作有詳細的紀錄。當時張萱的畫還有四十七張，《搗練圖》便是其中之一，現今卻只《搗練圖》跟《虢國夫人遊春圖》有摹本留下來，讓人可以稍微一窺張萱畫作的美感與技法。另外，南宋馬遠的《寒香詩思圖》，巨然的《層巖叢樹圖》跟郭熙的《早春圖》都在臺北故宮，有機會一定要去看看眞跡。

他也弄懂了一些與古畫有關的用語，像是絹本設色，意思就是這些畫是畫在絹布上的，而且是有顏色的，因爲年代久遠，有時候看起來就像是顏色褪去了。紙本就是畫在紙上，水墨就是黑白墨色。還有畫仙提到的披麻皴，礬頭皴，原來那是山水畫的筆法名稱。披麻皴始於南唐畫家董源，這種畫法以圓潤的中鋒下筆，筆上的水分不能過多，下筆穩健，常用來表現江南一帶的山勢，帶出土質平緩細密的紋理，把握山川的脊骨結構。巨然傳承於董源，把短披麻變成長披麻，讓披麻皴法更加豐富。礬頭皴就是用中鋒先描繪礬石多稜角的輪廓，再用皴擦法畫入石頭明暗，用墨可乾可溼，擦染並用，這樣石頭就看起來立體多了。

除了看畫冊，研究水墨畫，曄廷也遵循畫仙的指示努力練眞氣。他翻閱愈多畫冊，愈對裡面的畫境感到著迷，希望很快就能再回去看看。

練眞氣的過程還算平順，只是要花點時間，不是幾分鐘就看得到效果。還好曄廷向來有耐心，就像他喜歡畫畫一樣，作畫也不能急躁，碰到畫不好、畫不順時，只能深呼吸再繼續試，這樣的精神對他練眞氣很有幫助。

第一天，眞氣在腹部丹田處運行，那股暖洋洋、渾厚的氣息讓人很舒服。第二天他發現可以把眞氣運到胸腔了，胸口的幾個穴道在眞氣的衝撞下感覺通暢充沛。第三天，眞氣順著胸口往上到肩膀，沿著肩膀通貫兩隻手到手指，指尖感到一陣溫熱酥麻，然後再度回到胸口、腹腔。第四天，眞氣可以下行到臀部、大腿、膝蓋、小腿、腳掌、腳尖。這天，他在學校的游泳隊練習中，發現自己在水中划動更靈活，速度也比以前快了許多，教練還特別嘉許他一番。第五天，一早上學前，他在房裡練眞氣。這次，他感到眞氣可以衝到脖子，心裡暗暗高興，可是還是緩慢、有耐心的運行，終於讓眞氣繼續上行。他感到臉上一熱，頭上的天靈蓋一暖，他知道成功了，他可以把眞氣運行全身了。

曄廷興奮得差點跳起來，不過他還是定下心，深呼吸，把全身的眞氣運行回丹田，然後才起身上學。

這一天他在心裡期待快點放學，因爲他終於可以再度進去畫裡，而且他已經想好了，他要做一個小實驗。上回在書店進入畫境時，依照勇伯的說法，他消失了一段時間，他很好奇自己是怎麼消失的，消失了多久。

終於放學了。他想著，學校的舊操場正在改建，現在被鐵籬圍起來，放學後不會有人出沒。於是他等不及回家，看看操場附近四下無人，便越過禁止進入的標語，跨過成堆施工的木條、木箱、磚頭、水泥等雜物，找了一個安全隱密的地方，架起他的手機。他打算全程錄下他進入畫境的經過。

他站在鏡頭前，按下錄影鍵，深呼吸，打開《中國古畫精選》，翻到《搗練圖》那頁。他運起眞氣跟土氣，然後手碰畫仙的木杵……果然進入《搗練圖》中。

「很好，你可以運行你的眞氣了。」畫仙轉過身來，眼裡帶著微笑的說。

「是啊！我可以把眞氣運到全身了。」曄廷也開心的說。

「不錯。」畫仙說，「不過這只是入門，還要持續不斷的練，才能更精進。」

「那他也跟你一樣可以去別的畫嗎？」紅珊問，她總是對他們的對話很感興趣。

「不行，要自由往來其他的畫，必須要有水氣。這些畫都是畫家用墨或丹青調水畫成，要練成了水氣才能在其間穿梭。」畫仙解釋。

「那他下一個要練水氣嘍？」紅珊又搶著問。

曄廷也一臉期待的看著畫仙。想到可以不靠畫仙帶領，自己進出畫境，實在太有意思了。尤其這星期來，他看了許多畫冊，很多名作讓他讚賞不已。

「你知道五行相生相剋的原理嗎？」畫仙問。

「我知道它們相生相剋，可是怎麼生、怎麼剋就不清楚了。」曄廷老實的說。

「我說過，土是最基本的能量。土生金，金生水，水生木，木生火，火生土。從山上的土石之中提煉金屬，也就是土生金，土跟金是相生的。土擋水，土跟水是相剋的。所以你現在還不能練水氣，它會跟你體內的土氣相剋，你的真氣才剛練出來，還不夠力量去抗衡那股相剋之力。所以，第一步是要練金氣。」

曄廷點點頭，心裡微微的失望。

「金氣怎麼練？」他問。

「跟我來。」畫仙舉起木杵。

曄廷和畫仙已經有默契了，他知道畫仙要帶他去別的地方說話，於是伸出手，木杵一點，他們便離開了《搗練圖》。

他還沒睜開眼就聽到宏亮的吆喝聲。

「來喲！治牙明目，風車泥娃，鋤頭畚箕，應有盡有，來看喲！」

曄廷眼睛一亮，一個留著落腮鬍，綁著頭巾的大漢出現在他眼前，他的身旁左右各有兩個大擔子，上面琳瑯滿目，堆滿了各種雜物。

「這是南宋畫家李嵩的《市擔嬰戲》。」畫仙說。

曄廷最近看了不少畫，可是這幅畫還沒見過。

「喂，不要爬上去，東西要被你抓下來了！」大漢斥喝著。原來一個小男孩迫不及待的要爬上擔子拿上面的東西。

小男孩的後面是一個婦人，應該是他的母親。婦人手上抱著一個嬰孩，嬰孩一邊吸著母奶，一隻手一邊不安分的也探向擔子。婦人腳邊還有另外三個孩子，個個既心急又開心，一個小的拉著媽媽的衣裙要媽媽快帶他去逛逛；小女孩則躲在後面，害羞的看著；大一點的男孩津津有味的吃著包子，等會吃完也要去買玩具。

曄廷看著這場景，覺得有趣極了，不曉得這是哪幅畫，什麼朝代，不過可以近距離看到古人的生活，看到那時候的日常用品，眞是奇妙。

這些人看畫仙出現並不驚訝，但是曄廷的出現讓他們都很好奇，圍著擔子的孩子們，除了小女孩更加害羞外，現在都過來圍著他。

「你打哪來的？我怎麼沒看過你。」挑擔的大漢上下打量他身上的衣物。

「他叫曄廷，是一個遠房後輩，我帶他來看看進叔的貨。」畫仙說。

「嗨，你們好。」曄廷有點不好意思的跟大家揮揮手。

小女孩躲在婦人身後偷看，小男孩從擔子上爬下來轉頭瞪著他，小小男孩一手扯著媽媽的裙子，一手好奇的摸摸曄廷的球鞋。

「你要不要吃一口包子？」大男孩大方的問。

曄廷本來想拒絕，可是看到大男孩熱切的眼神，又想到一般人有多少機會可以吃一口宋朝的包子呢？於是笑著點頭，咬一口大男孩遞來的包子。

「好香，好好吃啊！」曄廷由衷的說，那個年代沒有化學添加物，東西道地又實在。

「是我娘包的。」大男孩得意的說。

「大娘，你手藝真好！」

「哪裡。」婦人客氣的笑了笑，「你這身衣服很特別，也是你娘做的嗎？」

「不是，是外面買的。」他今天穿著制服和耐吉球鞋，本來想說在學校買的，又想到宋朝人可能不知道學校是什麼。

「這多少銀兩？可不可以也幫我的孩子買些鞋子？」婦人問。

「我……」

「你們快去跟進叔買東西吧，我跟曄廷有重要的事要做。」畫仙打斷曄廷的話。

畫仙說話輕柔，語氣中卻自有一分威嚴。於是賣貨郎進叔回去招呼他的客人，幾個小孩的注意力又回到載著各色物品的擔子上。

畫仙拉著曄廷到一旁的樹下，悄聲的說：「你不能答應任何人帶東西進來。」

「爲什麼？」

「你可以進入這幅畫的畫境，意思就是這畫在眞實世界仍安全的存在，我不知道它們如今在哪裡，可是如果有不是本來畫裡的東西忽然出現的話，會造成很大的問題。」

曄廷經畫仙的提醒，馬上了解重要性。現在這些古畫都存放在人來人往，有專家看守的博物館裡，如果有一雙耐吉鞋出現在《市擔嬰戲》送貨郎的架上，那恐怕要嚇壞很多人，這幅畫馬上就會被認爲是贗品。

他才鬆一口氣，馬上又想到一件事。「那我呢？我在這，不就也會出現在畫裡？」

「不用擔心，我用法術帶你進出畫境，自然會用法術消去你存在的痕跡，包括我們之間的對話，尤其是關於闇石的部分。我都施過法力，沒有我允許，沒有人聽得到。」

「啊，那就好。」曄廷鬆一口氣。

「但這也是我要你自己練眞氣的原因之一。這樣，你有法力後，就能自由進入畫境而不會留下痕跡。你學會了土氣，土氣有隔絕保護的作用，我現在就教你怎麼自己消去自己的痕跡。同時土氣也有吸納涵養的作用，之前我用拂子收拾畫鬼，用的是吸納法。這吸納法就是以土氣爲本，跟其他五行氣一起運用。」

畫仙教他怎麼把土氣運貫全身，運用土氣的本質，曄廷馬上抓到訣竅。

「好，不錯，就是這樣，現在我就要帶你練金氣。」

曄廷正覺得奇怪，畫仙帶他來這裡，不是要練金氣嗎？還好她想起來。

「五行代表天地萬物組成的五種物材，而從基本物材更可以開展出其他的意義，五行可以代表方向、顏色、神獸，醫術上也可以相對於人體的內臟，更可以代表很多萬物的特質。生命有生有死，水潤而木長，木燃而生火，木代表生命，火代表能量。既有生，亦有死，草木死而入土。死非終結，只是一個循環的部分。金日從革，金是金屬，可以做成工具、烹具，金就帶有肅殺、收斂的特性。所以我帶你練金氣，就要你選一樣趁手的武器。」

「武器？什麼樣的武器？」曄廷瞪大眼睛，本來因爲不能練水氣而略微失望的他，現在想到可以像書上大俠那樣有利器在手，忍不住興奮起來。

「只要你懂得運用，什麼東西都可以用來當武器。像我手上的拂子，本來用途是驅蚊蠅、揮塵土，所以也叫拂塵，但是如果你懂得如何把體內眞氣貫注其中，柔順的馬尾也可以變得強韌有彈性，每一根細絲都可以像針一樣刺，像刀一樣銳利。」

曄廷點頭同意。很多武俠小說裡的大俠用斧頭、剪刀，甚至扇子、輪子、棋子、花瓣、茶杯等，這些聽起來無害的東西來當武器。

「所以我帶你來這裡，進叔的貨齊全，可以給你一些主意，你挑挑看要用什麼樣的東西當你的武器。」

「你是說，我可以從擔子裡選一樣東西？」曄廷問，眼睛已經在擔子上來回搜尋。

「你不是眞的拿走一樣東西，就像你不能帶東西來一樣。畫裡面不能有東西消失。你只是選一樣事物，取其精華能量來練金氣。」畫仙用拂子指指擔子，「去看看吧！」

曄廷走上前，他覺得跟一群小小孩一起「瞎拼」滿彆扭的，好像是去公園跟他們一起搶鞦韆一樣。不過他還是很好奇的看著擔子上一層層的物品，想到這些是好幾百年前的東西，更是覺得不能錯過。

「嘎！嘎！」擔子上有兩隻鳥，看到曄廷靠近，警告似的叫了幾聲。

「那是你養的鳥嗎？」曄廷問。

「那是喜鵲。」進叔回答，「我也賣吃的，有東西吃，牠們就會跟著你了。」

曄廷果然看到右邊下層有些瓜果蔬菜。

「怎樣，小兄弟，要不要買瓜啊？」

曄廷笑笑搖搖頭，看著擔子上其他的東西。

擔子上有農具、竹耙子、鐮子、鋤頭、畚箕、掃帚……嗯，或許他可以像哈利波特那樣，騎著掃帚飛呢！曄廷一邊胡思亂想，一邊繼續看下去。

有個葫蘆，上面寫著醋酸；日常用品有杯子，鍋碗瓢盆，這些好像不適合當武器；有縫紉用具，嗯……有些武俠小說裡的主角會用針傷人，不過比較適合當暗器之類的；架上插著扇子、花燈籠、旗子，這些東西看起來不夠實用；或是擔子上也擺了不少玩具，像波浪鼓、泥娃娃、風車、風箏、小弓箭，這些更不能當武器了。

這裡眞是五花八門，什麼都有。

「這裡好像7－11喔！」曄廷忍不住讚嘆。

「什麼是山門一爛門？」

「沒事沒事，只是我家街角的店。」

進叔奇怪的看他一眼。「怎樣，有看入眼的東西嗎？」

「隨意看看，你東西眞多。」

「那當然，至少有五百件呢！」進叔顯得很得意，「我的貨又多又齊全，要什麼有什麼。」

「有找到合適的嗎？」畫仙也走到他身邊。

「嗯……」

畫仙看出他的遲疑不決。「弓箭彈珠如何？」

「那個是小孩的玩具耶！」

「我想你年紀小，應該會對這些有興趣的，所以才帶你來這裡。」畫仙笑了笑。

畫仙一定不知道，現代臺灣的孩子看到的弓箭是手遊裡的角色所拿的虛擬武器，沒有人會對這些竹子做的小弓小箭感興趣的。

「那鋤頭呢？那邊也有扇子。」畫仙指指擔子左邊。

「鋤頭感覺太笨重了。如果要選扇子的話，我希望是摺扇。」曄廷小聲說，他有點不太好意思，挑三揀四的，不過他還沒找到讓他有感覺的東西。

「要記得，你不是眞的選那個物品，你選的是它的力量。」畫仙提醒他。

曄廷點點頭，他了解，可是還是不想隨便選一個。

「愼重點也好，」畫仙倒是不介意，「選一個順手的好好練，不要練一半放棄又換武器，從頭來很傷精氣的。」

曄廷聽了點點頭。

「還是你也想要一根拂子？」畫仙揚了揚手上的拂子，「我們到另一幅畫去看看。」

「我們可以去別的畫選？」曄廷眼睛一亮。

「可以。我說過，要練氣，就要找讓自己感覺對的東西。我帶你來這，只是我以爲你會從這找到想要的。」

曄廷點點頭。他聽到畫仙要他選武器時滿心期待，可是卻不知道怎麼選最恰當。他不禁覺得自己對畫作認識稀少、見識不多很可惜，不然就可以從容的從畫作中選出心中理想的武器了。現在只能靠畫仙帶著他選。

當曄廷再次睜開眼，發現自己來到一個宮廷內院，有五個貴婦悠閒的散步。她們身形豐腴，衣著飄逸高雅，髮髻在頭上高聳盤繞，上面插著精緻華麗的金簪子，頭頂上還繫上一大朵牡丹花。一個年輕侍女拿著扇子在一旁伺候著，一隻丹頂鶴不怕人的逛著大街，兩隻可愛的小狗在腳邊跑著。

「我知道這幅畫，」曄廷興奮的說，「這是唐朝的《簪花仕女圖》。我在書上看過，這幅畫現在在遼寧省博物館。」

「不錯。」畫仙點頭表示讚許，「看來你回去有做功課。」

「你看。她手上的拂子是宮廷匠師特別製作的。拂尾是取一個月大的幼馬馬尾，拂柄取的是上好花梨木。」畫仙指著最右邊的女子，她穿著紅色衣裙，披著透明薄紗披肩，果然手上拿著一隻拂子，身子斜傾，紅色的拂尾正優雅的逗弄著小狗。

「可是……」曄廷遲疑的說，「那拂子是用來逗小狗的，感覺沒那麼特別，我想找比較有特別意義的。」

「什麼樣的意義？」

這卻問倒他了。他來之前有研究一些古代水墨畫，可是怎麼也沒想過要進來找武器，當然不知道從何下手。

「這樣好了，不能老是讓你帶我一幅畫一幅畫去瞎碰。既然我可以從別的畫找令我有感覺的武器，不如我先回去做些功課再來。」曄廷說。

「也好。記住，繼續練真氣，也把土氣練得更順、更扎實，接下來的四個氣就會愈來愈容易。」畫仙對於他願意主動尋找，而不是老是靠著她的態度很讚賞。

她帶著曄廷回《搗練圖》，曄廷再回到現實世界。

8

曄廷回到學校的舊操場，一切如常，他的手機還在錄影，不過有一些木條散在地上，現場好像比之前更加凌亂。他喜歡畫畫，對周遭環境的變化本來就比較敏感。有人來過嗎？等下看錄影或許會知道。

他回到家，迫不及待鑽進房間裡，打開手機。他看到螢幕上出現自己的大臉，然後往後退一步，打開畫冊，手指在畫面上比劃，接著他漸漸被霧氣籠罩，最後這股霧氣被書吸了進去，書也化成一團霧氣，整個人和書就在螢幕上消失了，前後不到兩秒鐘。

原來書也跟著不見啊，可是進入畫時書不在手上呢！眞是神奇的法力。

現在畫面只剩下舊操場的老建築還有滿地的木板，曄廷看一下手機錄影，還有一個小時，想不到他憑空消失那麼久，難怪在二手書店，勇伯以爲他回家了。他滑動著手機，讓影片快轉前進，想看看自己回到現實世界的樣子，可是沒多久，有人影在螢幕出現，他倒轉回去看，是以丞。

這麼巧，以丞也來了，他來這裡幹麼？曄廷好奇的看下去。

以丞臉上帶著微笑，似乎在等人，不時左右張望，一副很興奮的樣子。過了不久，他等的人出現了，居然是儀萱。

曄廷倒吸一口氣，以丞喜歡儀萱是大家都知道的事，游泳隊的其他隊員老是捉弄他，要他快點去告白，難道他約了儀萱是要跟她表白？

「好巧，我也有事跟你說。」以丞先開口，他的語氣高亢，難道他眞的要開口問儀萱要不要當他女朋友嗎？

「好，那你先說。」儀萱倒是口氣平穩，表情內斂。

「我……我是想說……」以丞忽然結巴起來，「你要不要參加宋詞欣賞賽？」要不要參加比賽？原來以丞是要問這個。曄廷心裡偷偷鬆一口氣。

「我是想說，如果你要參加比賽，我就不參加，因爲我……我希望你贏！」

看來以丞想用這種方式得到儀萱的注意，雖然聽起來有心，可是他也太不了解儀萱了。儀萱是個帶著自信和傲氣的女孩，她一定想靠自己贏得比賽，怎麼會要人家讓她？

「我不知道你在說什麼，或者想幹什麼，」儀萱沉著聲，似乎很不高興，「我已經知道你是陰氣靈，而且拿到木靈物了。」

「什麼冰淇淋？」以丞皺著眉，一臉無辜，「你在說什麼？」

不要說以丞，曄廷也迷糊了。

「這裡沒有別人，我們心照不宣，你不用繼續演下去了。」聽儀萱的語氣，以丞應該知道她在講什麼，可是曄廷也了解以丞的個性，他的表情看起來不像是在說謊。

可是就在這時候，以丞忽然語氣一轉，臉上表情猙獰。「是，沒錯，我就是陰氣靈，你想拿我怎樣？你的法力還沒恢復，贏不了我的！」

法力？曄廷睜大眼睛，心裡一驚。什麼法力？難道他們也有法力？

「其他四個靈物在哪裡？你最好乖乖告訴我，不然我鐵定給你好看！」他語氣凶狠的說。

以丞瞪著儀萱，只是猙獰的表情沒有持續多久，又回復到迷惘的樣子。他看了看四周，好像不知道自己爲什麼會在這裡，然後沒多久表情又換了。他看著儀萱，眼神充滿殺意，連曄廷都忍不住擔心起來。

儀萱聚精會神的盯著以丞，臉上沒有半分恐懼，這時以丞忽然朝著儀萱奔來，舉起右手，掌心對著儀萱……

儀萱這時移動身軀，背對著鏡頭，以丞還沒來得及靠近她，身體一歪，只聽見他「啊」的一聲，往旁邊摔去，撞到堆在地上的磚頭，失去知覺。

儀萱一愣，正要過去看他，旁邊卻先衝出來一個人。

「以丞！」是采璘。曄廷在以丞的生日會見過她，知道她喜歡以丞，老愛在以丞身邊打轉。她來到以丞旁，厭惡的瞪著儀萱。「我就知道你鬼鬼祟祟約他來這沒好事，還好我通知老師了。校長、老師，他們在這裡！」

采璘扯開喉嚨大喊。

校長先跑了過來，陳老師踩著高跟鞋，歪歪扭扭的也出現在鏡頭裡。他還可以聽到鏡頭外幾個同學的講話聲。

「哎呀，怎麼會這樣？」陳老師臉色蒼白的大喊。

「快！先叫救護車，然後通知家長，其他的同學趕快回家。」校長神色凝重，但是態度沉著，指揮著現場。陳老師看起來嚇壞了，雙手顫抖的撥打手機求救。

「老師、校長，以丞最近變得很會背詞，儀萱害怕他參加比賽，搶了她的風采，所以找以丞來談判，現在還害以丞受傷！」采璘振振有詞的說。

「我……我不是故意要傷害他的，我只是……」儀萱嚇得連話都說不完整。

「你不用撒謊了，我雖然來得晚，可是我有看到你推他！」采璘大聲控訴，校長眼神銳利的看向儀萱。這時候手機傳來救護車的聲音，大家讓開一條路，讓救護人員把昏迷的以丞移到擔架上，送他去醫院治療。

「好了，以丞不會有事的。陳老師，請你帶儀萱跟采璘回教室問清楚狀況，我得跟著救護車到醫院，有事保持聯絡。」校長揮揮手說。

眾人看這裡沒事了，紛紛離開回家。

鏡頭又恢復寧靜，又再過了幾分鐘，一陣霧氣出現，但是馬上消失，曄廷看自己又出現，書也同時在手上，然後影片到這裡爲止。

曄廷還愣在那裡，想著剛才看到的對話。以丞說他自己是陰氣靈，那是什麼意思？他還說儀萱的法力還沒恢復，贏不了他。難道說，他們兩個人都有法力，而且像他一樣還沒恢復？他想到畫仙說，當時她收了五名徒弟，傳授給他們法力與隱靈術，他們的後代子孫在適當的時機可以重現法力。這樣說來，不會只有他自己有法力，還有其他四個人，說不定儀萱跟以丞就是另外的四人之二。

不過，看起來他們好像是敵對的，所以有可能只是其中一個跟他一樣是有隱靈術的後代，另一個不知道是什麼邪惡的力量。曄廷想到在《早春圖》裡會攻擊人的松樹，那個邪惡的力量會不會跟畫鬼有關？

他覺得應該要趕快去問一下畫仙。看她知不知道什麼是陰氣靈，還有她其他徒弟的後代在哪裡。

他看過自己錄下的影片後，知道穿越到畫作裡會讓他消失一段時間，爸媽剛回家，他最好不要隨便消失，得等到晚上大家都睡著再說。

對了，畫仙要他去找武器的靈感，差點忘了這件事。這讓他振奮起來。畫仙把他當小孩，所以帶他去看雜貨，雖然看到宋朝的雜貨是很特別的經驗，不過他想要更特別一點的東西。

他拿出在勇伯店裡買的畫冊開始研究，而且專注在畫中的物件上。他發現，水墨畫不只有人物山水花鳥，在畫裡細細描繪家具器物的也不少，而像是南宋畫家李嵩的《市擔嬰戲》這類作品，畫冊裡類似的作品也很多。

他先注意到《明宣宗行樂圖》，裡面有不少箭，他想，或許拿弓箭當武器也不錯，不過再仔細一看，畫中好像沒有弓。他上網查詢後才知道原來那叫投壺，是當時人們宴會中的餘興節目，主人與客人比賽，看誰把比較多箭投進一個寬腹長頸的的壺中。這好像太歡樂了，不夠莊重，於是便跳過這幅畫，繼續看下去。

這時，一幅畫吸引他的注意。他看了標題，這幅畫叫《延陵掛劍圖》，是明代畫家張宏的作品，現在收藏於北京故宮博物院裡。那是一幅直式掛圖，前景有個大門，大門兩旁站著一隊人馬，中景兩旁種滿樹，中間有臺階，臺階前有個穿紅衣的人彎腰作揖，遠景有雄偉的高山。

這幅畫很古老，加上畫冊也舊了，他一時之間找不到劍在哪，於是又上網去查，從放大的圖檔中，他看到原來劍掛在樹上，就在作揖的人的左上方上，同時也查到這幅畫的典故。

那是季札掛劍的故事，出於《史記．吳太伯世家》：「季札之初使，北過徐君，徐君好季札劍，口弗敢言，季札心知之，爲使上國，未獻。還至徐，徐君已死，於是乃解其寶劍，繫之徐君冢樹而去。從者曰：『徐君已死，尙誰予乎？』季子曰：『不然，始吾心已許之，豈以死倍吾心哉！』」

這段話說的是受封於延陵的季札要去晉國訪問，途中經過徐國，他帶著佩劍面見徐國國君。徐國國君看到季札的佩劍，大爲欣賞，但是出於國君的風範，嘴上什麼也沒說。季札感覺得出來國君的心意，但是帶著上好名貴寶劍出使上國是一種禮儀，他還有任務在身，就沒有把寶劍獻出，只是在心裡許下承諾。當他出使晉國回來的途中，卻發現徐國國君已經去世了，於是就來到徐君的墓前，解下寶劍，掛到樹上。他的隨從疑惑的問：「徐君已經死了，這樣有什麼用？」季札回答：「話不是這樣說，我那時心裡下了決定要給他，雖然他已經死了，但是我怎麼可以違背自己的諾言呢？」

曄廷看完這個故事，覺得這個季札還滿笨的，人都死了，還白白把劍送出去，上好的寶劍耶！不過又在心裡感到佩服。怎麼有這麼憨直的人？明明是心裡許下的承諾，沒有其他人見證；就算有，人都死了，他大可帶著劍去墳上祭弔一下，哭個兩聲就很夠意思了，居然還眞的把劍留在那裡。不要說死人，多少人對著活人都不守信了，他這種幾乎是傻氣的守信行爲，在現代看起來一點都不合時宜，但是曄廷卻深深感動。

我要這把劍！曄廷下定決心。不只是因爲這把劍本身名貴，它帶著季札的承諾，應該是一把可以讓人信任的寶劍！

他愈看這幅畫愈覺得興奮，等不及要畫仙帶他進去畫裡。

終於夜已深，爸媽都去睡了，曄廷打開畫冊，翻到《搗練圖》，呼吸運氣，再次來到畫裡。

「這小子又回來了。」玲素手挽著絲線，瞟了他一眼。

「你練成金氣了嗎？」紅珊歪著頭問。

「還沒。」曄廷回答。他四處張望，畫仙背對著他，沒有過來。

「畫仙去練眞氣，還沒回來。」白盈貼心的告訴他。

「畫仙最近常不在呢！」綠衣白裙拿著木杵的女子說，曄廷認人能力不錯，他記得她叫心翠。

她會是去幫他找武器嗎？希望不是，想到她帶他去看進叔的貨就頭皮發麻，她也太不了解現代小孩的喜好，希望畫仙可以答應他用季札的劍。

「不知道她在忙什麼。」之禾一邊縫著布一邊說。

「對啊！」「好像有什麼事困惱她。」「我問她她都不說。」「你知道畫仙不喜歡我們問她事情的你還一直問。」「我只是關心啊。」

一群人又嘰嘰喳喳說個不停。

「曄廷，」紅珊扯扯他的袖子，「畫仙有沒有跟你說什麼啊？爲什麼她也要你練真氣？」

看樣子，畫仙並沒有對她們多說，而且之前畫仙就要他答應不對任何人說起。

「畫仙不說一定有她的原因，我想你們不用擔心。」曄廷小心的回答。

「可是……」紅珊還要再問，這時候畫仙轉過身來，大家趕緊回去崗位上，繼續搗練。

曄廷發現她的神情有點疲憊，不過畫仙一看到他，臉上微微一笑。

「你知道要選什麼當武器了嗎？」畫仙問。

曄廷點點頭。

「好，現在你還不能隨心到你想要去的畫，但是我們來試一件事，不要直接說出那幅畫，用想的，閉上眼睛運氣，還有土氣的基本力量，我也會一起運行法力，看能不能到你要去的地方。」畫仙的表情冷峻，不過語氣充滿鼓勵。

「畫仙，你們要去哪？爲什麼都不讓我們知道？」紅珊嘟著嘴問。心翠一直對她使眼色，要她別多問，紅珊不理她。

「我知道你們有些疑惑，不過相信我，這是爲你們好。」畫仙語氣和緩，可是帶有不容反駁的威嚴，大家都不再說話。

「畫仙，我們只是擔心你，希望你不要累著了。」白盈柔聲的說。

畫仙點點頭，不再解釋，然後她轉身看著曄廷。「閉上眼睛。」

曄廷依言把眼睛闔上，啓動眞氣，然後把那份帶著保護力量、富含養分的土氣全身運行，專注在張宏的《延陵掛劍圖》，腦海重現整個畫面。

他感到手掌被執起，他稍微分心，畫仙的聲音馬上傳來：「繼續運氣！」

曄廷再度收斂心緒，過了一會兒，他感到手心一涼，聽到畫仙說：「原來是季札的劍，選得好！」

曄廷睜開眼，眼前果然是《延陵掛劍圖》中前景的大門，門的兩側各有三、四名隨從，一匹健壯的白馬安靜的在一旁等候。

「所以你也覺得這把劍可以用來練金氣？」他很開心可以得到畫仙的認同。

「你選的事物對你來說愈有意義，愈有感覺，連結性愈強，練起氣愈能事半功倍。季札的劍有其歷史意義，帶著真心承諾的精神，的確比小攤上的玩意兒更有能量。走吧，我們去取劍。」

畫仙手持拂子，領著曄廷走近大門，這些人看著曄廷，眼神有疑問，可是他們訓練有素，不隨便發問。

「畫仙，您老人家安好。」領頭的隨從輕聲說，「主人在裡面祭拜。」

「嗯。」畫仙點一下頭，帶著曄廷跨進門。

這位穿紅色上衣的正是季札，他彎腰行禮，臉上表情哀戚肅穆，前面是一個白石砌成的墓室，循著石階上去，有個雕刻精緻的石桌可以讓人擺放供品。

畫仙停步在他身後，行禮如儀，曄廷也深深一鞠躬表示敬意。

「畫仙也來弔唁故人，」季札看到曄廷，微微一愣，「這小兄弟是何許人？」

「他是我的一個朋友，名叫顧曄廷，跟著我練習眞氣。」畫仙說完轉向曄廷，「你跟他說你的來意。」

曄廷沒想到畫仙竟然要他自己說。他一個小孩子，要怎麼去跟人家索討寶劍？而且還是這麼一把有特別意義的寶劍。

季札目光炯炯的看著他，等著他的回答。曄廷看著畫仙，她反而往後退幾步，靠在松樹旁，眼睛微閉，意思是她不會插手。

也是。自己想要的東西，應該自己去爭取。他在研究這幅畫的當時，也讀了一些關於季札的生平，知道他是個德性高然，受人景仰的賢人。他願意在朋友死後還遵守自己心裡的承諾，應該不是小氣的人。

曄廷鼓起勇氣說：「季札先生您好，我需要一樣武器，同時幫助我練金氣。我對您非常景仰，也很喜歡這幅畫，希望可以用您的劍當武器。」

「你想拿走我的劍？」季札聲音低沉，口氣並不凶，但平穩中有股震懾人的威嚴。

「不不不，」曄廷想起畫仙的話，「我只是拿劍中的精氣能量，不是眞的把它拿走，它會一直掛在這裡。」

「你爲什麼想選這把劍？」季札繼續問。

「因爲……」曄廷想了想，「我覺得您跟徐國國君都同樣欣賞這柄劍，這一定是很特別的寶劍。而且您爲了守信，即使是沒講出來的承諾，即使對方都死了，您還是一定要把劍拿來給他，這實在太讓人感動了。這把劍帶著徐國國君的賞識，還有您的承諾，一定帶著許多能量。」

季札沒有說話，似乎在思考什麼。曄廷偷瞄一下畫仙，她還是眼睛微閉，細白的臉上沒有表情。

「我再問你……」季札開口，可是被一個高亢的喊聲打斷。畫仙警覺的睜開眼睛，握緊拂子。

曄廷轉頭一看，剛才在門口左側，負著長劍，對畫仙謙和有禮的隨從領頭，這時眼斜頭歪，一臉黑氣，手上拿著出鞘的長劍，衝到季札面前，舉劍就要刺下。

9

曄廷在季札的身邊，不知道哪來的勇氣，想也沒想就擋在他的身前。一股陰鬱之氣襲來，曄廷眼看那把劍就要刺穿胸膛，他覺得體內另一股氣充塞於胸，把劍盪開，隨從領頭手一迴轉，向後退去。

那領頭瞪著曄廷，眼露凶光，舉劍再度刺來。這時，畫仙已經奔來，她的拂子抵向隨從領頭的後心，曄廷立刻向下矮身低頭躲過。

曄廷看他的頭臉嚴重歪斜，一定是畫失敗的部分變成的畫鬼，不過畫家當時是要把他畫成保護主人的隨從領頭，身手果然矯健。畫鬼躲過畫仙的拂子後試圖再度攻擊曄廷，畫仙擋在曄廷身前，接下所有的招式。

「仔細看！」畫仙喝道。

曄廷愣了一下，忽然領悟，這個隨從領頭的武功雖不高深，但是劍術精湛，招式密集，畫仙纖細的身形輕巧閃過，每次劍身都從她身旁險險的劃過。

畫仙跟隨從領頭一來一往的攻防間，顯露使劍的技巧，既然他選了劍當武器，當然要學會劍術，畫仙用意深遠，他一定要好好把握。

曄廷仔細觀看畫鬼的步伐跟手勢，看他如何輕巧的翻轉手腕跟手臂，如何上下左右，四面八方使劍，自己丹田中的真氣也跟著運行。

他們來回攻防一段時間，畫仙往後躍出數步，隨從領頭馬上加速攻擊，這時拂子尾端射出一道白光，畫鬼被白光籠罩後瞬間定住不動，然後整個人跟劍一起變成光束，被吸進拂子裡。

「你沒事吧？」畫仙看著曄廷，微微喘著氣，白皙的臉龐似乎更蒼白了些。

「還……還好。」剛才還很勇敢的曄廷，在度過危機後才想到自己差點被利劍刺穿，生死一瞬間，心臟用力的跳著。

「看來你的真氣跟土氣練得很扎實，不僅保護了你，也保護了季札先生。」畫仙微笑著說。

「這是怎麼回事？阿貴怎麼忽然變成那樣，還想置我於死地？」季札看來也受到驚嚇，不過他還是挺直腰桿，保持一定的氣度。

「那不是你的隨從阿貴，那是被畫壞的阿貴。這些畫鬼最近愈來愈猖狂，我必須制伏他們，不然會危害到畫境。」畫仙皺著眉頭說。

曄廷想起《搗練圖》裡其他女子的話，原來畫仙最近在忙這個。

「多謝畫仙和小兄弟的救命之恩。」季札拱拱手。

「你叫我曄廷就可以了。」曄廷不好意思的說。

「好，曄廷，剛才你說要借劍，我不識你，心中自有疑惑。如今，我知道你是個會不顧自己性命救一個剛認識的人，這樣的人，的確該配好的寶劍，劍在樹上，你可自取。」

「眞的嗎？太好了！謝謝你！」曄廷眼睛發亮。

「切記，這不是一把殺戮的劍，你不能用它爲非作歹。」季札愼重的說。

曄廷也鄭重的點頭。

「走，我幫你拿金氣。」畫仙說著往前走了兩步，曄廷正要跟上，但畫仙忽然停了下來。她捂著肚子，皺著眉頭，似乎很不舒服。

「你怎麼了？」曄廷緊張的問，季札也一臉關心的樣子。

「沒事。走吧！」畫仙深呼吸幾次，神色又恢復平常的模樣。

他們來到樹下，畫仙拉著曄廷的手，他只覺得手上一緊，腳下一鬆，整個人騰空而起，還沒來得及驚訝，他和畫仙已經坐在松樹上。

畫中的劍一半被樹幹擋住，現在長劍在眼前，曄廷可以清楚看見它的模樣。這把劍華麗精美，劍格上鑲了紅黃綠寶石，劍鞘上刻滿了獸面紋，的確是適合出使他國，代表國家地位的劍。

「跟上次一樣閉起眼睛，不過兩手不要交握，這次兩手放膝上，掌心朝劍。對，就是這樣。現在我要把手放在你頭上。」

曄廷感到一股冷氣從頭進入身體，體內的真氣被引動，從身體中心擴散到全身四肢，然後土氣升起，繞著真氣運轉，最後來到手上。他感到自已的手彷彿有股吸力，好像吸塵器那樣，把周圍的氣流都吸了進去，然後他感到有東西落在雙手上。

「你可以睜開眼睛了。」畫仙說。

曄廷迫不及待的看向自己的手，那是一把劍，有劍的外型，但是劍身透明，乍看像是用冰做的，但是握在手上，並不是固體，而是一股很強的眞氣，彷彿是用空氣做成的劍。

「你的金氣就是季札的劍氣，它不會有固定的形體，它的力道來自你修習的能力。我會先教你怎麼使用，怎麼收起，等你練好金氣和其他五行氣，就可以像我那樣用吸納法把畫鬼帶走。」

畫仙把手放到他的頭上，他體內的眞氣自然相呼應，同時土氣也升起，混合著金氣，從頭頂進入體內，來到肺臟四周。

曄廷覺得自己很幸運得到畫仙的指引，才能順利修習法力，而且愈來愈深入。如今，他已在畫仙的幫助下習得土氣跟金氣，之後一定要繼續不斷的練習，才能儘早幫助畫仙解決畫鬼的問題。

想到這裡，他想起今天在學校舊操場錄下的對話。

「畫仙，我有事想問你……」

「我們去《寒香詩思圖》。」畫仙打斷他，曄廷點點頭，他們再度來到馬遠的畫作。

這裡一樣清靜無人，月色清淨明亮。

「你說吧！」畫仙清澈的眼神看著他。

「我今天聽到我兩個朋友的對話，他們說……」曄廷把影片錄下的內容說給畫仙聽。

「他們聽起來有法力，會不會也是你其他弟子的後代？」曄廷在說完來龍去脈後問道。

畫仙臉色凝重，一語不發的走到一棵樹下。她深思了一會兒後說：「你說他們是你的朋友？那除了對話，平常你曾看到他們有什麼特殊的能力嗎？」

「沒有耶。」曄廷忽然想到，「對了，那天去以丞家游泳，我差點被推入水裡，儀萱剛好經過，她不知道用什麼力量，讓我突然感到一陣觸電的刺麻，然後就被她抓上岸。我第一次碰到畫裡你的木杵，進到《搗練圖》，也有那種觸電的感覺。」

畫仙眼睛輕閉再度陷入沉思，曄廷耐心的等待。

「你說的儀萱，有可能是其中一名弟子的後代。你說她很會背詩詞？」

「是的，她已經連續兩年得到全校詩詞競賽的第一名。」

「我的弟子中，有個頗有文采，叫柳子夏，有可能是他的後代。你聽過柳子夏嗎？」

曄廷搖搖頭。

「他的孫子是柳宗元，曾經有畫家把〈江雪〉這首詩畫成水墨畫，讓他在上面題字，我進去過幾次，不過後來我再也進不去了，應該也是被毀了。」畫仙嘆口氣。

「我知道柳宗元。」曄廷開心的說，總算有他認識的古人，「對了，儀萱班上有個同學也叫柳宗元，他說他是詩人柳宗元的後代，也不知道是真是假。而且去年比賽過後，聽說他遇到神力，本來不會背詩的他，忽然很會背詩。」

「看來，我們不能太早下定論誰是誰的後代。」畫仙皺起眉頭。

「你是說，以丞、儀萱、柳宗元，他們都可能是你弟子們的後代？」曄廷瞪大眼睛。

「我不能確定，但是他們提到法力，還有陰氣靈、靈物，這些東西都像是我之前傳授給弟子們的東西，而且他們之中有人自稱是柳家的後代，跟你接觸後，發生和進入畫作時同樣的狀況。加上你們待在同一所學校，這一定有原因。」畫仙頓了頓，「我要你答應我，回去之後不要輕舉妄動，不要說，不要問，暗中觀察。」

「好。」曄廷點頭承諾，雖然他心裡很想去向儀萱問個清楚。

「現在我先教你金氣的使用。」畫仙指指他手上的劍氣，「這金氣要先納入你的肺臟裡，日後你就可以收放自如。」

畫仙伸出手，曄廷覺得她的皮膚看起來更白了，接著畫仙把手按上他的頭頂，他感到一股涼氣從頭上灌入，催動體內的眞氣。

「不要全靠我的引導，」畫仙低聲喝道，「自己引眞氣在手，我會從旁協助。」

曄廷照著指示運行眞氣，在另一股力量的引導下，丹田裡的眞氣緩緩上升來到手中。曄廷感到手上有股吸力，把劍氣從雙掌中吸了進去，整把劍在眼前消失。他感到一股收斂的冷意從手心行至體內，脾胃裡溫潤厚實的土氣這時也升起，推進著金氣，把金氣運行到肺中。

「很好。一切順利。」畫仙低聲說，「現在深呼吸五次，緩進緩出，讓這山林的靈氣也進入肺裡，跟著金氣一起修習。」

曄廷慢慢吸氣吐氣，來回五次。畫中清新的空氣進入肺中跟金氣相遇，讓金氣更加淨化堅實。

「好，現在你知道怎麼收金氣，再來要學著怎麼出金氣。」畫仙手中的氣再度傳來，他感到肺中氣勢磅礡，有道強大的力道呼之欲出。

「先握拳，深吸一口氣，運到手上！」畫仙低喝。

曄廷依言而做，體內金氣從胸口而發，貫穿到肩膀、手臂、手肘，最後到掌心。曄廷低頭看，季札的劍氣又來到手中。他學著武俠電影的劍客那樣揮舞幾下，雖然現在只有劍氣，但是已經虎虎有聲，讓他心裡一陣興奮。

「剛開始，你要像剛才那樣花時間運氣才能收放你的劍氣，只要不斷修習，將來就會收放自如，隨時都有武器傍身。你回去後要勤加練習，等可以自在控制劍氣後再回來，我會帶你找公孫大娘，讓她教你劍術。」畫仙收回她的手。

「她也是在畫裡嗎？」曄廷問。

「她是唐朝有名的舞伎，而且有著高深的劍術，她的劍法配合了舞藝，更加精湛流暢。清朝的任頤把她舞動雙劍的樣貌畫入畫中，你可以找來看看。」畫仙說完微微喘著氣，剛才幫曄廷運氣，似乎用了很多的內力能量，她的臉色更蒼白了。

「你還好嗎？」曄廷看她呼吸不順暢，非常擔心。

「沒事。」畫仙只是擺擺手，再度幫他把金氣收回，「你該回去了。記住！多觀察，少開口，有時間就繼續修習。」

＊＊＊

曄廷接下來幾天都在努力練金氣。沒有畫仙在旁邊，他得靠自己體內的眞氣來引導，剛開始幾天非常挫折，怎麼也無法把金氣引至手上，不是在胸口充塞，就是運到手臂就停下來，弄得他心浮氣躁，愈煩愈練不成，愈練不成就愈焦躁。曄廷發覺這樣不行，乾脆先停下來。

他轉換心情，上網找公孫大娘的資料，維基百科說她舞藝超群，劍術卓越，不僅在民間獻舞，也被召入宮中爲王公大臣獻舞表演，詩人杜甫還特地爲她寫了一首詩〈觀公孫大娘弟子舞劍器行並序〉：

昔有佳人公孫氏，一舞劍器動四方。
觀者如山色沮喪，天地爲之久低昂。
霍如羿射九日落，矯如群帝驂龍翔。

來如雷霆收震怒，罷如江海凝清光。
絳脣珠袖兩寂寞，晚有弟子傳芬芳。
臨潁美人在白帝，妙舞此曲神揚揚。
與余問答既有以，感時撫事增惋傷。
先帝侍女八千人，公孫劍器初第一。
五十年間似反掌，風塵傾洞昏王室。
梨園子弟散如煙，女樂余姿映寒日。
金粟堆前木已拱，瞿塘石城草蕭瑟。
玳筵急管曲復終，樂極哀來月東出。
老夫不知其所往，足繭荒山轉愁疾。

他也去搜尋畫仙說的畫家任頤，找到他畫的《公孫大娘舞劍圖》。這幅畫現在被北京故宮博物院收藏，長四十一點九公分，寬二十八公分。但那幅畫是粉本，有點像是在正式作畫前擬的畫稿。曄廷又學到一課。

他仔細看這幅畫，忍不住讚嘆。圖的背景在一個院子裡，中間一棵高大的樹，主幹略傾，樹皮上布滿凹凸的樹瘤，上面的枝葉茂盛，筆觸蒼勁有力，樹兩旁有竹籬，左上角有竹簾，竹籬外有兩個人興味盎然的看著裡面的女子舞劍。

舞劍的女子就是公孫大娘，她兩眼低垂，面色凝重，全心專注在表演裡。從裙襬的角度，可以看出她舞劍至酣，雙腳叉開而立，腰肢扭轉，上身後揚，頭從肩向後傾，左手執劍上指，右手執劍從左脅往後刺，姿態非常的生動，像是就要從畫裡舞動出來一般，跟之前他看過的仕女圖裡，那些姿態優雅端正的女子們非常不同。

不僅這樣，公孫大娘的身邊出現許許多多纏繞的圓圈，大大小小，密密麻麻，顯示出雙劍在她的舞動下所留下的氣流軌跡。

曄廷忍不住伸出手指，也跟著在圖上畫圈圈。他畫著畫著，忽然想到一個主意，他拿出長尺，像劍一樣握在手裡，跟著比劃。

他想像自己也在舞劍，全神貫注，這時他感到體內的眞氣啓動，他調勻呼吸，運起眞氣，同時也運起金氣，隨著身體和雙手的舞動，金氣從胸口開始運行，順著肩膀手臂，終於順利來到手裡，只是用肉眼無法看到。之前在畫境裡，至少還可以看到半透明的劍身，但是在眞實世界就連它的輪廓都看不到。看來，畫裡的東西無法帶到這個世界，尤其他拿到的只是劍的靈氣，不是劍本身。

他感到劍氣充塞手中，把原先的長尺給震走了。他手握住劍氣的劍柄，想像公孫大娘舞劍的樣子，同時，他想起在《延陵掛劍圖》裡看到那個隨從領頭攻擊的招式。曄廷當然還不懂其中的精妙，不過就是憑著感覺隨意揮舞，直到舞得全身大汗，才依著畫仙教的，把劍氣慢慢收回體內。

終於可以喚出劍氣了！曄廷鬆一口氣。抓到了要領，之後再勤加修習就好。畫仙說，要等他的金氣能夠收放自如才能再去找她。

這幾天在學校裡看到儀萱，她還是抬頭挺胸，像平時一樣正常上課活動，但是可以看出她的神情有點落寞。自從以丞在舊操場受傷的事件後，大家都躲著儀萱，連一向跟她走得很近的柳宗元也躲得遠遠的。他忍不住感嘆人世間的冷暖，這些同學也太勢利了。他很想去跟她說說話，安慰她，可是一來，他怕自己不小心跟她講起自己在畫境的奇遇，問她法力的事情，打破跟畫仙的承諾；二來，他喜歡儀萱一段時間了，他怕太主動跟她接觸，會讓她反感，反而把她推遠了，還是保持現狀，遠遠的關心她就好。他只希望，自己把手機交給校長這件事，可以暗中幫到儀萱，那樣他就滿足了。

這天，曄廷去報名學校舉辦的宋詞欣賞賽，今年增加了繪畫組。這陣子他看了不少中國古畫，詩詞的意境也讓他很有感覺，一定更容易入畫。這幾天上學，他都帶著簡單的畫具，有空就在陰涼的樹下畫畫，試著畫出自己喜歡的詞境。

曄廷報完名正要回家，沒想到儀萱叫住他，他可以猜到一定跟手機裡的影片有關，不過難得和儀萱說話，還是讓他一顆心怦怦用力跳動。他深呼吸，儘量保持鎮定，跟著儀萱來到舊操場。

他們並沒有多聊，曄廷答應過畫仙，在弄清楚狀況之前，不會把自己的經歷說出去，尤其他現在拿了季札的承諾之劍，更讓他重視守信。不過他有淡淡問了儀萱對於法力的看法，看儀萱的反應，她似乎跟他一樣，有些事藏在心裡，可是還不能說。

沒有人的舊操場一片寧靜，這天天氣不錯，下午下過雨，雲層失去水氣的重量顯得輕盈許多，黃昏的太陽也露了臉，透出光芒。他們坐在一起，偶爾交談幾句，大部分的時間都是安靜的，但是那分靜謐的美好，讓兩個人的心裡滿滿的。

10

昨天雖然沒能和儀萱多聊，但是倒有一個意外的小收穫，那就是儀萱跟他一樣，沒有兄弟姊妹，還有她說她的爸爸也是獨子。他跟以丞交情不錯，本來就知道以丞是獨子，但是他父母的狀況如何就不清楚了。他也想找機會探問柳宗元的狀況。

今天下課時，曄廷拿著畫具到一棵樹下畫畫，這兩天他在畫范仲淹的〈蘇幕遮〉。

碧雲天，黃葉地，秋色連波，波上寒煙翠。山映斜陽天接水，芳草無情，更在斜陽外。黯鄉魂，追旅思，夜夜除非，好夢留人睡。明月樓高休獨倚，酒入愁腸，化作相思淚。

他自己滿喜歡這首詞的。這是范仲淹用景色來抒發思鄉的心情。秋天的景色秀麗，空氣清新可見藍天，天空的碧藍對應著地上被風掃下來的黃葉。日落的陽光跟山的倒影映在湖面上，加上波水的氤氳之氣，更是反映出旅人想家的黯然心情。

這首詞讓他感覺很有畫面，他畫了藍天，滿地的黃葉，自己還加了一棵樹在圖的右邊，跟左邊的湖水做構圖上的平衡。樹枝斜長橫生的枝枒也打破天、地、湖水三者平行呆板的線條，替畫面增添多樣性。

他認眞的作畫，沒注意到有人走近他身邊。

「你在畫什麼？我們可以看嗎？」

他抬起頭，是儀萱。她旁邊還有一個女同學，他一向很擅長記人，那女生和儀萱、以丞同班，叫玲甄。

「我在畫這棵樹。」他回答。

「你坐在樹下，又看不到樹，怎麼畫？」儀萱又問。

「我每天來學校都會看到這棵樹，我不需要看著它，樹已經在我的心裡了，我要畫的是我心裡的樹。」他看著儀萱，這時一陣風吹來，她的瀏海被吹開，露出好看的額頭，從額頭的弧線、翹翹的鼻尖、柔軟的嘴唇，到秀麗的下巴，那個線條眞美。曄廷心中暗想：有機會，他要畫儀萱。

「你畫得眞好，好漂亮啊。」玲甄小聲的說。這兩天，他在學校畫畫，有些同學會來跟他聊天，有的稱讚一番，有的訕笑一番，也有幾個同學比較害羞，遠遠看著，玲甄也是其中之一，看來今天有儀萱陪著她，她終於敢跟他講話了。

「你覺得我在畫什麼？」他問她們。

他之前也問過來看他畫畫的同學，不過到現在都沒人猜對。

「你剛剛不是說你在畫這棵樹？」玲甄歪著頭反問。他一點也不驚訝她的回答，大部分的人也只看到樹。不過他對儀萱有期待，她讀了那麼多詩詞，應該可以猜到。

儀萱神情認眞，仔細看了看，眼睛閃著亮光。

「〈蘇幕遮〉！」儀萱喊出口。

他感到心裡一陣溫暖。是的，她懂他。看她因爲猜對眼睛帶著笑意，更堅定了他要畫一幅她的人像的信念。

＊＊＊

接下來幾天，曄廷勤練金氣。看了那幅《公孫大娘舞劍圖》讓他終於可以獨自啓動劍氣，不過要做到收放自如還得勤加練習，也需要一段時間。

除了練金氣，他也著手繪製儀萱的畫像。他最近看了許多古畫，本來想用水墨來畫，可是他發現欣賞跟真的下筆作畫還是有一大段距離。毛筆的力道，還有水量的控制都非常不容易，老是畫壞或暈開，儀萱不是大小眼，就是臉歪一邊。畫不好的部分，又不能用橡皮擦擦去或修改。想到畫仙提到這些畫壞的部分之後會變成畫境中的畫鬼，他覺得還是用鉛筆素描好了。

他想到比賽那天，儀萱站在臺上，雖然有點緊張，卻帶著不服輸的自信。他在臺下，仰著頭看她，儀萱看著遠方，全心想著比賽內容的樣子讓他印象深刻。他決定畫出那個當下的神情。

「你在畫誰？」一個怯怯的聲音響起。

曄廷回頭看，是玲甄。

今天放學後他在學校附近的一個小公園作畫，一來，他想給儀萱一個驚喜，爲了不讓她發現，所以不在學校作畫；二來，這個公園有棵高大的樹，樹上開著白色的花，他準備將它入畫。

他把背景設定在一棵樹下，樹枝高聳看不到盡頭，儀萱站在樹下，望著遠方出神，飄揚的衣襬顯示一陣輕風拂過，樹下堆滿落花，空中也有花瓣飄落，一朵花還沾上她的髮梢。

「是儀萱。不過請你先不要告訴她，我想給她一個驚喜。」他自然的說。他知道玲甄最近一直在注意他，宋詞背誦賽時也是找他當副手，現在又跟著他來到公園。他不想知道玲甄對他有什麼想法，而是直接說出自己畫的是誰，在意的是誰，希望玲甄不會再有過多的期待。

玲甄的臉色暗了下來，本來臉上的微笑也僵在那兒。

「你找我有事嗎？」曄廷客氣的問。

「沒……喔，我……我是要來跟你說謝謝，你當我比賽的副手，幫我得到好多分。」玲甄低著頭說。

「沒有啦，你本來就會很多詞句，我就不行了，直接跳過背誦組。」曄廷笑笑。

「可是我還是沒有儀萱厲害。」玲甄口氣黯然。

「喂，不要這麼說，你幹麼跟儀萱比啊，每個人有每個人的強項嘛！你一定也有讓儀萱羨慕的地方。」曄廷眞誠的說。

「眞的嗎？」玲甄抬起頭來，臉上閃著光芒。

「當然啊！」曄廷用力點一下頭。玲甄開心的笑了。

「我可以看你畫畫嗎？你不用理我，我就安靜待在旁邊。」玲甄小聲的問。

「不過我認眞畫畫時都不講話，很無聊的。」

「沒關係，我也不會說話吵你的。」玲甄說完，自己坐到角落去。

曄廷拿她沒輒，公園是大家都可以來的公眾場合，他也不能要求她離開，只好自己轉過身，把注意力放回手中的畫作。不過一想到玲甄在旁邊，曄廷根本不能好好作畫，最後只好收拾畫具，跟她說自己要回家吃晚餐了，他們才分開各自回家。

臨走前，曄廷用手機拍了一些那棵樹的照片，剛才他已經大概掌握住線條，回家後再看著照片畫入一些細節就好。

他也想寫些東西給儀萱，心裡想來想去換了好多句子。太直白的顯得露骨沒深度，抄詩詞又顯得矯情，而且儀萱這麼會背詩詞，這不是關公面前要大刀嗎？想了許久，他決定寫出眞實的感覺，用他那天自己說過的話：「我不需要看著它，樹已經在我的心裡了，我要畫的是我心裡的樹。」

他對儀萱也是同樣的感覺。儀萱在他的心裡，他不需要看著她畫，他畫的是他心裡的儀萱。

以丞出院後，他家人為他辦了一場驚喜派對。曄廷知道儀萱也會去，前一天晚上更是加緊趕工，做最後修改，總算在睡前完成這幅人像畫。

第二天，他帶著畫去派對，趁著大家鬧哄哄的時候，悄悄把儀萱拉到一旁，把畫送給她後就走開了。他心裡有點忐忑，不知道她會不會喜歡。他暗中觀察，儀萱今天似乎藏著心事，不是跟宗元就是跟以丞竊竊私語。

他特地去跟以丞的爸媽聊天，發現他們各有兄弟姊妹，是個大家族，看來跟畫仙的弟子沒關係。他也去跟宗元閒聊，宗元有個姊姊，他說自己是柳宗元的後代應該是吹牛的。柳宗元這人的個性比較浮誇一點，人不笨，就是有點散。

儀萱很有可能是某個畫仙弟子的後代，不知道其他弟子的後代又是誰？畫仙知道曄廷是張萱的後人，不僅告訴他闇石的故事，還教他法力，可是對其他可能也是弟子後代的人卻顯得有戒心，不知道有什麼特別的原因？曄廷覺得很多事他還是不明瞭，可是畫仙心思縝密，顧慮又多，不是死纏爛打的追問就會告訴你的那種人，唯有等到她自己願意講才行。

11

這天是宋詞欣賞賽：繪畫組的比賽日，曄廷昨天晚上就準備好水彩用具，詩詞裡有很多描寫風景的意境，用水彩來表現對他來說比較容易。

這次比賽在學校的禮堂舉行，他進去時，校長已經在臺上等著大家。他隨著其他參賽者上臺，玲甄走到他身邊靦腆的跟他揮揮手。他也對她豎起大拇指，替她加油。

「眞梅，加油……永祥加油……品達加油……」校長在每個參賽者上臺時，一一跟他們握手，幫大家打氣。

「曄廷加油……」

「謝謝校長。」校長的大手用力握了握，曄廷感受到他的熱情鼓勵。

曄廷坐在標示了他的名字的位置上，把畫具拿出來，水杯盛滿水。校長先講述比賽跟評分的規則，然後開始抽題目。校長這次親自出題，他會點名參賽者，然後從事先預備好的盒子裡抽出一首詞，就用那首詞的意境來作畫。

「李永祥。」校長叫名後拿出一張紙條，「李清照的〈醉花陰〉。」

薄霧濃雲愁永晝，瑞腦消金獸，佳節又重陽，玉枕紗廚，半夜涼初透。東籬把酒黃昏後，有暗香盈袖。莫道不銷魂，簾捲西風，人比黃花瘦。

曄廷練習過這首詞，裡面說的是少婦的思念愁緒，他當時著重在景色的描繪：日落黃昏，屋外的竹籬，瀰漫的霧氣，滿庭的黃花，被風吹起的簾子，屋裡有個女子支著頭，桌上有神獸做的金爐，燃著瑞腦香，煙氣渺渺。他用景來襯出人的憂。

「張玲甄，蘇軾〈水調歌頭〉。」

這首詞描寫月亮，不過千里共嬋娟的意境不好描寫，真的要看各人的詮釋了。

曄廷聽著其他人拿到的題目，心裡有點緊張，不知道自己會拿到什麼。終於，校長叫到他了。「顧曄廷。」

他離開位置，來到校長身旁，校長把盒子搖一搖，伸手拿出一張紙條，正要開口唸時，忽然身體一顫，整個人往後倒，重重的摔在地上。

「校長！」曄廷完全沒料到這個狀況，本能的蹲下去抓著校長的手。但手才一碰到校長，他就感到一股氣逼來，跟儀萱在泳池碰到他的感覺類似，但是校長身上的顯得壓制霸氣，也跟畫裡面的畫鬼的能量相似，陰鬱窒礙，他正要運真氣相對抗，這股氣已經快速退去，沒有留下痕跡。

曄廷這時候看到校長剛剛本來要唸的紙條在腳邊，上面寫著「蘇軾〈江城子〉」。他直覺的撿了起來，塞在口袋裡，看來有人不希望紙條的內容被唸出來。

曄廷幫忙幾個男老師把校長扶起來，他的臉色蒼白，似乎還是很不舒服，不過稍微恢復了意識。校長看到曄廷，要他跟大家說比賽繼續，自己休息一下就好。

在校長離開後，以丞班上的國文老師走過來，之前學校的語文比賽都是她主持的。

「校長怎麼了？他跟你說什麼嗎？」陳老師問，她也嚇壞了，聲音都在抖。

「他說他休息一下就好，他希望比賽繼續。」曄廷說。陳老師點點頭。

一陣混亂後，陳老師要參賽者回座，她撿起剛才掉落的盒子，清清喉嚨，對大家說：「剛才校長不知道為什麼昏倒了，他離開前希望我把比賽完成。所以宋詞欣賞賽繼續。」

陳老師轉頭看曄廷。「剛才校長抽到的紙條呢？」

曄廷轉頭四下看了看。「我不知道，剛才我嚇了一跳，沒有注意。」

他沒把紙條拿出來，這裡有人有用特殊的力量控制校長，讓校長沒辦法順利唸出紙條，紙條上的那首詞一定有什麼特別的地方。他暫時也不希望陳老師唸出來。

「沒關係，我再重抽一首。」陳老師說。她在盒子撈了撈，曄廷緊盯著她，一來緊張自己的題目，二來，不知道那個邪惡力量會不會把陳老師也弄昏了。

「顧曄廷，汪藻的〈點絳脣〉。」

陳老師唸完還好好的站在臺上，看來的確有人不想剛才的題目被唸出來，而不是針對唸題目的人。曄廷鬆一口氣。

新月娟娟，夜寒江靜山銜斗，起來搔首，梅影橫窗瘦。
好個霜天，閒卻傳杯手，君知否？亂鴉啼後，歸興濃如酒。

他最近看了不少山水畫，傳統的古畫講究留白的想像空間，倒是讓他突發奇想，既然是個夜寒江靜有月亮的晚上，那就來個染黑行動好了。

他在畫紙上先勾勒出新月和北斗七星的位置，前景的部分也打好草稿，然後用浸溼的水彩筆沾上黑色顏料，避開月亮跟星星的位置，在天空處塗滿，夜晚靜謐的感覺就出來了。遠山用的是淡淡的灰藍色，用水暈染後呈現朦朧的感覺，中間一條細細的留白，代表江水從山谷間流出。前景是一個斜頂樓亭，亭外幾棵梅樹，這是冬天的景色，所以沒畫上花朵，而是畫了三隻烏鴉在樹上，兩隻在空中飛。亭內有個男子，他靠著窗，手裡拿著酒杯，眼神帶著落寞，看著遠處的夜色、江河、山景。

當陳老師宣布時間到時，他正上好酒杯的顏色。他把作品交出去，待會兒老師們會把參賽者的畫作掛起來，除了讓美術老師跟校長來評分外，學生們也會加入評分的行列。

「畫完的同學可以自由活動，兩個小時後再回來聽比賽結果。」陳老師說。

太好了。曄廷想。他打算趁這段時間進去畫境，看畫仙對紙條的事件有什麼看法。

＊＊＊

他來到舊操場，現在是中午休息時間，工人們都去吃飯了。他往裡面走到更遠的角落，確定附近都沒有人，打開畫冊，再度進入《搗練圖》。

「畫仙，你在嗎？」曄廷對著畫仙的背影問。

「她又去忙了。」紅珊的口氣還是像以往一樣急促。

「去練眞氣嗎？」曄廷再問。

「不知道啊。」心翠搖搖頭。

「她最近看起來很累，話又更少了。」白盈輕輕嘆口氣。

「你看到她好好勸勸她，不要讓她煩心。」玲素的話讓曄廷一驚，會不會因爲是最近教他法力，耗費太多眞氣？

「你們去忙吧！」畫仙不知道何時回來的。大家看她出現，紛紛回到崗位上。

「畫仙……」

「你的金氣練得如何？」畫仙直直看著他，臉上顯露著倦容，不過眼神還是清冷透澈。

「我……還不算完全練會。不過我有東西要給你看。」曄廷不敢隨便吹噓，他知道自己還練得不夠。

「好。」

曄廷照樣伸出手，畫仙舉起木杵往他手心一點，他們來到馬遠的《寒香詩思圖》。

「這個。」曄廷遞給她從校長手裡掉出來的紙條。

「蘇軾〈江城子〉。」畫仙輕聲唸出來，微微皺著眉頭，「這是什麼？」

「這是一首詞，我的學校舉辦一個比賽……」曄廷儘可能解釋清楚整個過程，不過畫仙聽完還是蹙著眉頭。

「當我碰到校長的身體時，手上感到像是觸電那般，很奇怪的是，那股力量有點像儀萱碰到我的感覺，可是又不一樣，比較霸氣，而且陰鬱窒礙，讓人不舒服。你的眞氣也是屬陰，可是卻沒有那種感覺。」曄廷說。

畫仙閉起眼，用手在紙條上輕撫。

「嗯，我可以感受到，非常非常細微，就像你所說的，這張紙條上存在著陰邪之氣。」畫仙張開眼睛，「我推測，儀萱可能跟詞境有連結，甚至，可能跟你一樣，進入詞境的世界了。」

「眞的？」曄廷瞪大眼睛，覺得好難想像。

「畫有畫境，詞裡也有詞人想要表達的意境。」

畫仙說的有理。他參加的宋詞欣賞賽，不就是要把詞的意境畫出來？既然自己可以進入畫境，別人也可能進入詞境。一想到儀萱跟他有類似的際遇，讓曄廷忍不住想告訴她自己的經驗。

「那這股陰邪之氣是從哪來的？」曄廷問。

畫仙沉思了一會。「天地萬物有陰有陽，共存並行。就像天上的日月，平衡交替，這樣世界運行才會順利如常。可是若有邪氣入侵，讓黑暗控制陰氣，陰陽失調，正氣就會被壓制，甚至被破壞。就像畫作裡，畫鬼的存在本來無害，可是最近卻愈來愈猖狂，開始攻擊人，破壞畫境。我猜測，詞境也可能遇到類似的問題。」

「你是說，詞裡面也有詞鬼？」

「詞的世界跟畫的世界不同，我不清楚發生什麼事。」畫仙搖搖頭。

「那這張紙條怎麼辦？」

畫仙低頭看著他手上的紙條。「你拿回去，看看誰跟你要這張紙條。」

「那代表什麼意思？」

「這人可能是用邪氣壓制校長，想阻止他唸出題目的人，也可能是跟這邪氣對抗的正氣的力量。」

「如果那人帶有正氣的力量，他會是你的弟子的後代嗎？」曄廷在校長身上接觸到的那股力量，跟當時儀萱在泳池邊幫他的力量很像，卻一邪一正完全相反。從之前和儀萱的對話中，他可以感到儀萱似乎也有特別的際遇，他忍不住在心裡期待儀萱跟他一樣是畫仙弟子的後代。只是不知道爲什麼，畫仙很自然的接受了他是自己弟子的後人，還教他怎麼練眞氣，可是對於其他人可能也是她弟子的後代，就顯得特別謹愼戒懼。

這次，畫仙沉思良久。曄廷盯著她，希望她可以多透露一點，他覺得，事情的眞相就要呼之欲出了。

「這很難說。」

又來了！曄廷心想，她老是這樣不講清楚。

畫仙似乎可以看到曄廷心裡的白眼，她接著說：「如果有人帶著邪氣的力量，他也可能是我的弟子後代。」

「爲什麼？」曄廷面露疑惑，「怎麼可能？難道你身上闇石的力量，在無形中傳給你的弟子了嗎？」

「不是這樣的。」畫仙頓了頓，「你記得我跟你說，我受了傷，張萱爲了救我，把我畫進《搗練圖》？」

曄廷點點頭。不過當時她沒說怎麼受傷的。

「唐朝時，我收了五名弟子，在教了他們內外功夫跟法術，確定他們的能力可以勝任後，我傳給他們隱靈，經過幾年的修行，五名弟子的功力也愈臻熟練。可是有一天，我的弟子之一徐靜來找我，她一看到我就昏過去，我把她帶進屋裡把脈，發現她身受重傷，眞氣大損。這讓我非常驚訝。因爲我傳給弟子們的隱靈，雖然大部分的法力要在闇石的力量出現後才會重現，但是有一個很重要的部分是確保他們身強體壯，避災祛邪直到他們的孩子出生，然後將法力傳下去。」

曄廷點點頭。沒錯，如果在生育後代前就早死，那隱靈也就傳不下去了。

「徐靜入門比較晚，但是能讓我的弟子受重傷，而且還傷到眞氣，這不是一般人可以做到的。如果我救她，我的眞氣會因此大損，但是她恢復後，隱靈就會繼續傳下去。不過，是誰傷了他，爲什麼？如果這人再度回來呢？如果我不救徐靜，她死去後，我自然可以再找資質優秀的人頂替，只是，我怎能對自己的弟子見死不救，而且一樣的問題，是誰傷了她？這人依然可以回來加害新的弟子，甚至其他的弟子。」

曄廷可以想見畫仙左右難決的樣子，救與不救都是爲難。

「你要先找出誰是凶手。」曄廷說。

畫仙苦笑一聲。「是沒錯，但是當時的情況不允許，徐靜愈來愈虛弱，時間緊迫，我再晚出手，就算耗盡眞氣救了她，也只能吊住她一口氣，無法再恢復從前的模樣了。」

「所以你救了她？」曄廷覺得畫仙一定不會見死不救，「可是，這個凶手說不定不是跟你弟子有仇，他故意傷了她，就是要引你耗盡眞氣來救他啊！」

「我當然知道，所以，在我決定要救她之後，我做了一些準備。當時，幾名弟子剛好都在遠遊，只有張萱在身邊，我在房子四周施了一些法術，讓外面的人沒辦法進來，張萱則在一旁守候。我用了五天五夜，每一晚過去，我的眞氣就少了一半，第六天早上，我的眞氣已經非常微弱了，但是慶幸的是，徐靜已經好了大半。當日出的光線照進屋子裡時，我感到她體內的氣息湧動，這時，她也終於睜開了眼睛。

「徐靜看到我時，馬上知道我爲了她耗盡眞氣，她堅持下床，跪著對我說：『師父，我對不起你……』我永遠記得她當時悲切的神情。」

畫仙說到這時，眼睛望著遠方的滿月，神情冰冷倨傲。

「我當時全身疲憊，不過還是伸手要去扶她，想要問她怎麼受傷的。就在這時候，她抬起頭，淚眼對著我，雙手抓向我的臂膀，我沒有力氣反抗，就這樣，我被她的內力制住，不得動彈。」

「什麼！」曄廷大吃一驚，沒想到是這樣。

「張萱當時離我一段距離，來不及阻止，眼睜睜看著徐靜對我動手，架著我。我沉著臉問：『爲什麼要這樣？』但她沒有回答我的問題，只是冷冷的說：『打開闇石的封印，把闇石的力量拿出來。』

「我千辛萬苦，封印住闇石的力量，還費盡心力找到五名可信任、資質又強的弟子傳承這樣的責任，想不到，其中一名弟子卻貪圖黑暗的力量而背叛我。張萱在一旁幾次想出手救我，可是徐靜用我的生命威脅，讓他不敢冒進。

「就在這時候，我感到我在屋外施的法力受到一股很大的陰邪力量，如果以我之前的能力，要去抵抗完全沒問題，但是當時我的眞氣耗竭，只能眼睜睜看著一名男子闖了進來。張萱試圖阻止外人進來，可是徐靜用力壓著我，讓他不敢亂動，我也用眼神暗示他，要他先在一旁見機行事。

「『子湑，我把師父制住了。』徐靜看著男子眼睛閃著光。

「『我的好靜兒，做得好！』男子對徐靜非常讚賞。徐靜綻開笑容，臉上充滿歡喜愛慕之情。我了解到，是這男人唆使她的，我的愛徒陷入情海，願意爲她愛的人做任何事，包括讓自己受重傷來引師父出手。

「『你是誰？』張萱喝道。我看著那個男子，覺得他很眼熟，哪裡見過。

「『我的母親是帝辛的後代。她謹受祖上的訓誨，要回復殷商的大業。』」

畫仙說到這裡看了曄廷一下，解釋：「子是商朝的皇室的姓，帝辛是商朝的最後一任君王，你聽過商王紂嗎？那是周武王在紂王死後給他的封號。」

曄廷點點頭，紂王的惡名在《封神榜》裡都有記載，不過他不知道紂王本姓子。還好畫仙有解釋，不然他還以為像是孔子的弟子們，像是子貢、子路、子夏之類的。不過再想想，他記得國文老師說過，子貢姓端木，名賜，子貢是他的字。還好剛剛沒隨便講出來，那就丟人了。

「子湑繼續說：『我的母親是商王帝辛的後代，是僅存的一支命脈。母親不忘祖先的遺命，在一次秦始皇出巡時，找到機會接近始皇，懷上孩子，而我就是始皇帝的祕密皇子。』」

「明明就是私生子，講這麼好聽。」曄廷哼了一聲。

「沒錯，子湑是秦始皇外面的私生子。而我之所以認出他，因為闇石曾經給我看到它從天外降落，村子裡的人發現隕石上刻有『始皇帝死而地分』的經過。當時，我也看到秦始皇派人來燒毀隕石，殘殺全村人的事件。而子湑就是奉命領軍的將領。

「他知道我認出他後點點頭，說：『不愧是月升師父，法力無邊，我以為已經把村民老老少少，豬狗貓羊統統燒了，甚至連我帶去的士兵也沒留下半個活口，想不到還是給您老人家認出來。』

「『你想要做什麼？』我明明知道，可是還是要引他說話。

「『你還不明白嗎？我身為帝辛、秦始皇兩大君主的後代，身上流著他們的血液，回復商秦帝國就是我的使命。而且這不只是說說而已，我燒了上面刻有預言的隕石後，馬上感到一股很強的氣灌進我的身體，讓我不舒服一陣子，後來我找方士幫我練眞氣，才慢慢好轉，想不到竟然換得百病不侵、長生不老的壽命。我知道，這是天意，那顆闇石預言我爹爹的氣數已盡，我的時代要來臨了！』子消說這些話時，滿臉狂氣，他長得高大英挺，有著皇族帶頭引領的能力，我可以想見徐靜被他說服迷惑的樣子。

「『你後來應該有回去尋找那個被燒毀的闇石吧？我想那時候，已經改朝換代，劉恆當上第五任漢朝皇帝，成了漢文帝了吧？』我說這話讓他臉色大變。」

「為什麼？你是怎麼知道的？」曄廷好奇的問。

畫仙微微一笑。「闇石本身帶著黑暗的力量，但是能讓它那麼強大，還有來自全村人死後的怨念，子消是帶頭下令做這個殘忍事件的人，黑暗的力量一定也會跟他有連結。當時隕石剛被燒毀，闇石的力量才剛要形成，要一段時間全村的怨念才會全部被闇石收去，不然以子消一個凡人之軀，是承受不住闇石巨大的力量。但是它當時的力量，一定還是讓子消痛苦難當。我猜，他當時取得那股力量後應該昏了過去，為了保住顏面，他才要殺光所有跟他一起去那裡的士兵，避免有人把他虛弱的那一面傳出去。

「他就算找了有法力的方士幫他調養，教他法術，但我可以算出，至少也要五十年之後才能讓他康復，獲得法力，還可以長生不老。我也可以猜到，當他有足夠的能力之後，一定會再回到那個地方，想取得闇石完整的力量。因爲這些事情都被我料中了，所以他才會臉色大變。」

「原來如此。」曄廷非常佩服畫仙的神機妙算，「不過，你早就收服闇石，把它移走了。所以他才千方百計找到你，還引誘你弟子，用詭計讓你受重傷。」

「他聽了我的話，非常生氣，這也是我的用意之一。他猛然往前跨出一大步，準備朝我抓來，可是他的前腳還沒落地，後腳一彎就跪坐在地。張萱機靈，知道時機對了，於是衝上前去，快速出手制住子湑。」

「爲什麼他會忽然跌下去？難道是你施在屋外的法術？法術雖然被破了，可是還是有效果的，對嗎？」

「那個法力可以抵擋大部分的人，但是如果有人破壞那個力量，勉強進屋的話，他的眞氣也會在無形中受到損害，尤其動邪念，行惡行時，損傷的程度便會更加劇烈。當時徐靜制住我，張萱制住子湑，徐靜關心子湑，頻頻要張萱放手。兩方勢均力敵，如果有人強行殺了一方，那只會兩敗俱傷，所以我們最後協議一起放手。就這樣，徐靜帶著子湑離去，張萱也帶著我離開。張萱知道我受傷太重，子湑一定會再回來，所以想出了把我藏在畫裡的辦法。」

「後來這兩個人呢？」曄廷好奇的問。他知道唐朝之後是五代十國，再來是宋、元、明、清，商秦沒有再現，那個子湑應該受傷後就老死了吧？

「張萱說，他安置好我之後有去找他們，子湑受重傷後，徐靜就離開他，不知去向，而子湑最後也重傷而死。」

「這件事一定讓你很痛心。」曄廷同情的說。

這就可以解釋，爲什麼畫仙在知道其他人可能也是她的弟子後代後，還是那麼小心謹慎。曾經被背叛過，她一定擔心徐靜的後代在恢復法力記憶後，覬覦黑暗的力量。

「都過去了，那些弟子也都早就過世了。闇石的力量沒有再出現，他們的後世沒有法力，那就可以了。」畫仙淡淡的說。

「你認爲儀萱是徐靜的後人？」曄廷問。他希望不是，儀萱心地善良，應該不可能。

「我不知道，現在情況不明朗，她可能是徐靜的後人，也可能是其他弟子的後人。」畫仙說。

曄廷覺得，儀萱應該是柳子夏的後人，她對詩詞那麼著迷，那麼了解，不會沒有原因的。

「那……這張紙條？」曄廷看著手上那張寫著〈江城子〉的紙條。

「你帶回去，看誰跟你要。」畫仙說。

曄廷點點頭。

12

他回到舊操場時，時間還很充裕，學生們都在禮堂幫宋詞欣賞賽繪畫組的參賽者投票，之後老師們再總結分數，才宣布大家到禮堂集合。

「好，現在來公布名次，」校長非常興奮，曄廷跟其他參賽者耐心等待，「第三名，莊貞梅；第二名，李娟苓；第一名，顧曄廷。以上三位同學請上臺領獎。」

臺下每個人用力鼓掌，曄廷轉頭看儀萱，她對他豎起大拇指，他上臺從校長手裡領了獎狀跟獎品。

「厲害喔！又會游泳又會畫畫！」下臺後，以丞過來拍拍他的肩膀。

「恭喜！」李娟苓也大方的跟他握手。

「你……畫得好棒，我就不行了。」玲甄走過來，小聲的跟他說。

「畫畫很主觀的。你也畫得很好啊，重點是自己畫得開心。」曄廷說。

「眞的嗎？我眞的喜歡畫畫耶，尤其看你這麼厲害，希望以後也可以跟你畫得一樣，你可以教我嗎？」玲甄眼睛閃著光芒。

「跟我畫得一樣有什麼好？」曄廷笑笑，「每個人都有特色，不一樣才好。」

玲甄一直哀求他教她，曄廷一邊跟她有一搭沒一搭的對話，一邊注意有沒有人在尋找紙條。一直到放學鐘響，同學們都背起書包，準備回家，儀萱這時候出現在他面前。

他猜她是來問紙條的事情。

「嘿，恭喜你，拿到第一名！」儀萱眞誠的說。

「你也是啊，我好像還沒恭喜你耶！」曄廷笑笑。

「你現在說還來得及！」儀萱眨眨眼，那副模樣很可愛。

「嘿！恭喜你，拿到第一名！」曄廷也對她眨眨眼，在心裡希望自己眨眼的樣子不會太愚蠢。

兩個人都笑了起來。

「我想問你一件事。」儀萱正色說。曄廷知道儀萱要問什麼，沒想到是她。

「我知道。到老地方，我給你看一樣東西。」

儀萱回教室收拾東西，曄廷先來到舊操場，他來回踱步，琢磨著要怎麼開口，最後決定開門見山的問。

「你是不是要問我校長昏倒的事？」曄廷看著儀萱。

「你那時候在旁邊，有沒有看到或聽到什麼？」儀萱皺著眉頭。

她會這樣問，那更可以確定她不是施陰邪力量的人，曄廷放下心。

「校長昏倒時，我伸手想扶他，碰到他的手時，我感到一股力量，那股力量跟在泳池邊你幫我的力量很像，不過那股力量不是在幫他，而是壓抑束縛著他。」他誠實的說出自己的感受。

「你可以感覺到那力量是從哪裡來的嗎？」儀萱臉色焦急。

「不知道。不過，我猜跟校長準備要唸出的那首詞有關。有人不希望他唸出來。」

「可惜那張紙不見了。」儀萱口氣非常遺憾。

這讓曄廷可以確定她不知道紙上的內容，跟那個知道內容，制止校長唸出來的邪惡力量相反。他決定幫她。

曄廷從口袋拿出紙條，儀萱看了非常的興奮。「原來在你這裡！」

「不曉得這首詞有什麼特別的地方，爲什麼有人不希望校長唸出來。」曄廷知道這是蘇軾弔念亡妻，傷感懷念的詞，但是看不出有什麼神祕之處。

不過儀萱看了兩眼發亮，似乎非常高興，好像找到什麼寶藏一樣。

「謝謝你，太好了！」她興奮的跑上前，給曄廷一個大擁抱。

曄廷有點不好意思，但是同時，他也可以感到儀萱身上帶著一股眞氣，他不敢運氣，怕儀萱察覺，在沒得到畫仙准許前，他不敢輕舉妄動。

「這首詞對你這麼重要？」他小心的問。

「是的，我需要這首詞，你幫了我一個大忙。」

「你爲什麼需要一首詞？」曄廷實在不懂，「爲什麼這首詞這麼重要？」

「爲了謝謝你幫忙，我應該跟你說的。不過……」儀萱表情凝重，「爲了你的安全，你知道的愈少愈好。紙條的事，我們必須保密，不可以說出去。」

「以丞受傷跟校長昏倒都跟這個力量有關？」曄廷問。

「是的。那個力量，可能依附在我們身邊的任何一個人身上，你要小心，我不希望再有任何人受傷了。」儀萱看著他，語氣充滿警告。

「放心，我會保護好自己的。」他笑笑。

＊＊＊

曄廷終於可以運金氣，把劍氣運在手上。他不知道速度要多快才算畫仙說的「運用自如」，不過，至少不會等半天什麼都沒出來。

這晚，曄廷覺得自己練得差不多了，他又來到《搗練圖》。

「你的金氣練得如何？」畫仙問。這次她剛好待在畫裡。

「你看！」曄廷說。他深呼吸，運氣於胸，貫氣在手，劍氣出現在手裡。

「哇！」「好厲害啊！」「我沒看過劍氣呢！原來是這樣。」「這可以殺人嗎？」「使兩招我們看看！」「你會劍術嗎？」其他女子們看得嘖嘖稱奇，忍不住圍過來看。

「那你也可以收劍氣嗎？」畫仙沒多說什麼。

「可以。」曄廷手一轉，劍氣從掌心被吸入。

畫仙看著他，一會兒沒說話，曄廷有點緊張，不知道這樣算不算達標？會不會被打回票，要他再回去多修習一段時間？

「好，我帶你去找公孫大娘。」畫仙看著他，臉上沒有表情，看不出滿意還是不滿意，不過她願意帶他去，應該是還算滿意，曄廷偷偷鬆一口氣。

曄廷一睜開眼睛就看到一個女子在一個空地上舞劍。她身材高䠷，美麗動人，漂亮的五官帶著懾人的英氣。她左右手各持著一把劍，隨著身體的舞動在空中畫出一道道的劍氣。任頤把劍氣畫成一個個圓，但是現在看眞人使劍，仔細觀察劍氣的流動，發現那些不只是圓形繞轉，還有不同方向角度的線條流動。

她的劍舞得眞是流暢，而且不只是好看而已，不管是扭腰、轉身、上刺、下砍，都可以聽到劍劃過空氣的聲音，有時輕盈如滑過水痕，有時用勁如強風颯颯，使力自若，全無滯怠，在在顯示使劍者深厚的內力。

畫仙專注的看著公孫大娘，竹籬外的兩個人本來也在看舞劍，看到曄廷都轉過頭好奇的盯著他。曄廷覺得不好意思，對他們點點頭，趕快回神認眞看公孫大娘舞劍。

過了好一會，公孫大娘才調勻呼吸，立步，收劍。

「好劍法！」畫仙點點頭。

「過獎了！」公孫大娘拱拱手，這時她看到曄廷，「想必這位就是畫仙提到的想學劍的小公子。」

「公孫大娘好，叫我曄廷就可以了。」

「好，爽快。你也叫我大娘就好。」公孫大娘的聲音清脆爽朗，「你過來，使兩招我看看。」

曄廷有點尷尬，他可以驅動金氣，讓劍氣現形在手上，也可以收回劍氣，但是除了亂比一通什麼招式也不懂。他想起在《延陵掛劍圖》裡看到阿貴使劍的樣子，硬著頭皮運氣持劍，揮手刺出。

「停，可以了。」公孫大娘沒多久就制止他，「你運劍流暢，可是出劍完全沒有章法，這樣不行。」

公孫大娘講話直接，雖然都是實話，還是讓曄廷臉一紅。

「這孩子是張萱的後代，雖然練氣時間不長，但是頗有天分，學習勤快。」畫仙講得語氣平淡，但是難得聽到她這樣稱讚自己，讓曄廷精神一振。「而且，畫鬼愈來愈強了，我需要他來幫忙制止畫鬼。」

最後一句話不禁讓曄廷擔心，畫仙對付這些畫鬼似乎愈來愈吃力了。

「好，我來教他，一定讓他劍藝大增。」公孫大娘豪爽的說。

曄廷很興奮，認真的點頭。「謝謝大娘。」

公孫大娘要他站在原地不動，她慢慢繞著他行走，上上下下仔細打量著他，晶亮的眼光掃過他全身，不時還捏捏他的手，摸摸他的背，敲敲他的骨頭，按按他的肌肉。他覺得自己有點像豬肉攤上的肉，待價而沽。

「你瘦而精實，脖細，手長，肩寬，背緊，腹縮。小腿略短，大腿壯實，掌心有肉，」她再拉拉他的手臂上下擺動，「嗯，關節圓潤順暢，轉動幅度不錯。」

曄廷聽大娘的評語，跟游泳教練給他的評語差不多，教練說他的身型很適合游泳，不知道是不是也適合練劍。

「你手長肩寬，使起劍來比人多一寸，那就多一寸之便。關節靈動，那就使劍流暢不窒礙。小腿短大腿壯，那就下盤穩，下穩上動，那更是上上之利。」公孫大娘微笑著說。

曄廷聽了很開心。「謝謝大娘，我一定努力練習。」

公孫大娘點頭。「我從大自然的花鳥蟲物中找到靈感，創立了一套劍法，有『天鵲高飛』、『彩蝶撲花』、『飛馬奔逸』、『健牛擋車』、『巨鷹擊鵲』、『群鶴盤旋』……我日後一一傳授予你。現在，我先教你『起劍式』，我做一次給你看。」

她把左手的劍先放一旁，只留右手劍。她右手持劍平舉胸前，劍尖朝天，深呼吸，然後肘關節九十度轉動，長劍向前刺出。隨著劍身往前，她的腳步也往前，左腳落地，膝蓋微蹲，持弓箭步，然後右手持劍向右橫出，同時右腳往外跨，左腳收攏，劍收於胸，再左迴身，劍刺向左。

「很簡單，就這樣。」公孫大娘收步收劍，「你來試試看。」

曄廷把剛才看到的動作想過一遍，點點頭，舉劍在胸前，然後向前刺出。

「嗯，姿勢對了，招式也記得牢，不過右手劍尖不能朝地，手肘打直，肩膀不要向前，背要挺起來，不可以鬆懈。右刺時肩膀轉，腰不轉，腳不要跨太出去，臀部內縮，不要翹起來。來，再一次。」

曄廷依言再試一次。

「背挺起來，但不是往後仰，左迴身時太輕率了！要慢，要穩，還有脖子要正！」

曄廷收劍，再試。

「左手不是緊貼著大腿，放鬆！使劍講的是自然流暢，不是使蠻力！」

公孫大娘一下子要他挺直不鬆懈，一下子又說要自然不使力，曄廷抓不到中間的訣竅，開始覺得練劍不是那麼容易。

就這樣，單是這個「起劍式」便前前後後練了好幾十次。

「姿勢對了，不過不要忘記運氣，沒有內力，手中的劍只是虛晃的招式而已。」公孫大娘說。

曄廷的心裡哀聲連連，不過也激發他的好勝心，一定要把它練好！

他又再多練幾次，慢慢抓到感覺了。

「不錯，穩多了，再來一次。」

公孫大娘指正的地方愈來愈少，曄廷也愈練愈順手。

「你不要嫌累，練好『起劍式』，學下面的招式才順暢，你現在練得差不多了，我們可以試試『天鵲高飛』。」

「是！」曄廷雖然有點累，可是終於可以學下一個招式，還是覺得很興奮。

「這是有一次我在山上行走，登到高處時，一群喜鵲被驚得飛起，在空中盤旋。我看牠們振翅拔高的模樣想出了這個招式。注意看。」

曄廷看她先出「起劍式」，然後劍從左轉向右，左腳往前跨。她用力吸氣，右腳向前收攏，身子上拔往上彈跳，同時右手舉劍上刺，再迴身，雙手張開，像是鳥飛翔的樣子；落地時，右手手腕繞轉，劍在空中畫出一道弧線。曄廷也特別注意看她的左手，公孫大娘的左手並沒有閒著，她的大拇指按著無名指，食指中指伸直併攏，按在右手肘內側。

接著，她右手再度收回，在前面快速交叉揮舞，左手在身側隨著動作揮舞平衡，同時碎步快速前進，然後再度上躍，兩手張開，劍往下斜劈，迴身落地雙腳交叉微蹲。

「這比『起劍式』複雜許多，但是很多細微的心法跟它很像，試試看。」公孫大娘站直身，要曄廷練習。

曄廷把招式記下，他先使「起劍式」，接下來使「天鵲高飛」式。

「你現在上躍時還跳不高，沒有關係，慢慢練，配合眞氣，日後你可以隨心所欲的控制跳躍高度。『天鵲高飛』可以讓你躲開下盤的攻擊，另外居高臨下，也讓攻擊劍氣更有優勢。」

曄廷再多練幾次，公孫大娘細心的指導他如何配合吸氣吐氣運劍，如何上躍時手張開保持平衡，如何在空中同時又使力於劍，如何落下時重心不會偏，不會直接摔在地上。

公孫大娘說的沒錯，天鵲高飛式裡的很多訣竅都跟起劍式有關聯。他平常就很有體育細胞，加上記性好、領悟力高，愈練愈順手。

「這些劍式都要花很多時間才能登峰造極，不過現在你把基本招式都使熟了，日後自己就可以琢磨練習。如果你不累的話，我們再來第三式。」公孫大娘看著他。

「我不累，我……」曄廷的話還沒說完，忽然傳來一陣聲響，像是輪子快速轉動的呼嚕聲。這時，空中出現一個圓狀物，像是呼拉圈那樣大小，不過跟呼拉圈不一樣的是，這個圓圈呈薄片狀，而且邊緣像刀一樣鋒利。

圓圈在空中繞轉，咻的一聲，快速向曄廷飛去，曄廷大驚，向後一退。公孫大娘動作快，已經來到面前，舉劍一揮，刷的一聲把圓圈砍成兩半，圓圈變成黑煙消失。不過空中馬上又出現其他的圓圈，一個接一個不斷朝他們攻擊。

畫鬼！曄廷大驚。

畫仙本來在一旁看他們練劍，這下也奔過來幫忙，拂子左右揮動，打散許多圓圈。這時，兩個圓圈繞過公孫大娘跟畫仙，再度朝著曄廷射來，一個圓圈逼近他的臉，他趕忙側身躲過，圓圈銳利的邊緣從他的臉頰擦過，差一點就像削蘋果一樣削去他的皮膚，讓他嚇出一身冷汗。他還來不及慶幸自己逃過一劫，另一個圓圈已經來到腳旁，他本能的往上一跳，想不到眞的躲過了。

「『天鵲高飛』！不錯，用得好。不要忘了手上有劍！」公孫大娘一邊抵抗圓圈的攻擊，一邊注意曄廷的動靜。

他沒特別想使出「天鵲高飛」的招式，不過剛才自己認眞學習，想不到臨危用上了。兩個圓圈又從左右朝他的腳下奔來，他想像剛才練習那樣上躍下砍，連忙運氣往上跳，同時揮劍刺向圓圈，想不到眞的刺中，一個圓圈在眼前消失。

「好！」公孫大娘喝采。

他心裡一喜，卻馬上又緊張起來，因爲第二個圓圈又逼近腳踝，剛剛沒有學如何連刺兩劍，現在眼看就要落地了，只好一邊胡亂揮劍，一邊扭轉身體，想要避開圓圈，下一秒整個人重心不穩，摔倒在地，圓圈從腳踝劃過，他痛得大叫，摔在地上。

一道血痕從腳上滲出，可是他沒時間擔心傷口，五、六個圓圈同時向他襲來，他就地翻滾，躲過兩個，他可以感到鋒利的圓圈削去他耳邊的頭髮。然後刷刷兩聲，公孫大娘不知何時抓起另一把劍，雙劍齊發，畫仙的拂子也來到眼前，把圓圈都吸走了。

「過來！」畫仙低喝。她的拂子打消了圓圈後，拂尾捲上他的手臂，把他拉到身後。

公孫大娘還在對付圓圈，但他現在安全了，總算可以歇一口氣，仔細看公孫大娘舞劍。在學了兩式、聽她指點之後，對她的劍法感受變得很不一樣，之前只覺得招式繁多，眼花撩亂，現在可以抓到其中幾個招式的動作訣竅。

在畫仙和公孫大娘聯手之下，費了好大功夫，終於把這些圓圈一一打滅。

「這些東西愈來愈猖狂了，你們來前才出現一批，這次居然這麼多！」公孫大娘喘著氣，看來經過一陣對招她也累了。

畫仙白著臉，微微喘著氣，她努力調勻呼吸，過一會才開口：「這些圓圈愈來愈多，愈來愈霸氣，現在還會攻擊人。曄廷，你的腳還好嗎？」

曄廷這時才想到自己受傷了。他低頭看，腳踝還在流血，伴隨一種蝕骨的陰冷。

「滿痛的。」他皺起眉頭。

「你盤腿坐下。」畫仙說著也盤腿坐到曄廷的身後。

曄廷感到她的手抵著自己的背，一股熟悉的冷意從她掌心傳到他的胸口。跟傷口的刺骨冰冷不一樣，這股冷意帶著沁涼安撫的內力，從胸口運行，緩慢的導向腳，舒緩傷口的疼痛，漸漸不再流血。

「謝謝畫仙。」

「嗯。」畫仙微微點頭，「公孫大娘，你先休息幾日，曄廷也需要再多練習，日後再讓他跟你討教。」

「謝謝大娘指點。」曄廷真誠的道謝。這次雖然受了點傷，不過學到很多劍法，他等不及下次再來。

「我們走。」畫仙說完便帶著曄廷離開《公孫大娘舞劍圖》。

13

曄廷以為他們會回到《搗練圖》，不過畫仙帶他來到《寒香詩思圖》，看來，畫仙有話要跟他說。

「關於那張紙條，後續如何？」畫仙問。

曄廷把跟儀萱的對話一五一十說給畫仙聽。

「看來詞境跟畫境一樣，有不尋常的力量出現。」畫仙說。

「不過我可以確定，儀萱不是那個陰邪的力量。」曄廷說。

畫仙沒有說話，只是瞇起眼睛，凝望遠方。

曄廷已經習慣畫仙的沉思，他也看著空中，一輪皎月從東方山頭升起，一群喜鵲在天上飛著，發出嘎嘎的叫聲，曄廷看著牠們，心念一動，想起剛才學會的「天鵲高飛」！

他仔細觀察這些喜鵲飛翔的樣子，有的直拔上天，有的藉著氣流滑翔，還有幾隻互相對啄追逐。動作靈活，變化多端，對照之前跟公孫大娘學的劍式更加奧妙。同時，之前在《延陵掛劍圖》看到阿貴的劍法，雖然跟大娘不同，但是有些招式給了他啓發，他忍不住運起劍氣，把今天學的招式再練了幾遍。

「不錯。」畫仙點點頭。

「謝謝。我看這些喜鵲在飛，隨便練習的。」曄廷停下來，不好意思的說。

「招式是死的，但是你能舉一反三，需要時便能靈活運用。」畫仙說，「你回去多練習，下次去的時候才能融會貫通。」

「是。」曄廷恭敬的回答。

「我不知道發生了什麼事，但我知道有事情正在發生，有些力量正在萌發，我需要你好好練眞氣，好好練五行之氣。」

「畫鬼的力量是不是愈來愈大？」曄廷擔心的問。

「這些畫鬼本來不可怕，可是背後有邪氣在操縱他們，而這力量愈來愈無法控制。

聽你之言，詞境可能也有同樣的狀況。而你的朋友儀萱也在面對一個邪惡的力量。」

「你確定這不是闇石的力量？」

「闇石的力量被我封住了。再說，如果闇石的力量眞的再現，你身體內的隱靈就會被啓動，恢復記憶跟法力。」

也對，那就不用像現在這樣練得這麼辛苦了。曄廷想。

「那個子淯呢？看起來，他也帶著一部分闇石的力量。從秦朝活到唐朝，他會不會跟你一樣，找了一些弟子，把力量傳承下去？」

畫仙看了他一眼。「這些想復興皇室地位的人，最重視血統的純正。比較有可能的，就是有自己的子嗣，讓皇族血統傳承下去。」

「那他當時會不會跟徐靜已經有孩子了？」曄廷朝著各種可能去想。

「張萱說，他找到子淯時，子淯已經奄奄一息。他告訴張萱，他很遺憾商秦兩大帝國再也沒有傳人，就這樣帶著悲恨離世。所以他是沒有子嗣的。」

「那就好。不然，一個是帶著隱靈的法力又想殺害師父，一個是殘暴皇帝的後代又帶著一些闇石的力量，他們的小孩一定會很可怕。」

曄廷的話讓晝仙皺眉，雖然知道子滑跟徐靜沒有後代，但是這樣的想法還是讓人不舒服。

「不是闇石也不是子滑，那還會是什麼原因呢？」曄廷繼續問。

「你現在只要專心練氣，其他的先不要管。」

「可是那些畫鬼……」

「你眞要幫我，就好好把五行氣練好。」晝仙嚴正的說。

曄廷再一次點頭答應。

＊＊＊

當曄廷回到自己的房間時，發現腳踝的傷口又裂開流血了。他趕快替傷口止血，塗上消炎藥膏，可是似乎沒什麼用，血還是一直流出來，而且除了疼痛外，還帶著一種刺骨的冰冷，讓他站不起來。他想起晝仙的方法，把眞氣運到手上，再按著傷口，一段時間後總算把血止住。

曄廷這幾天除了練眞氣，練土氣，練金氣外，還開始畫水墨畫。他本來就愛畫畫，這幾天進出名畫，讓他對這些古畫有更多了解，也讓他非常著迷，想試試看自己畫一些水墨畫。勇伯給了他《古畫臨摹技巧》和《山水畫入門》兩本書，他翻了又翻，研究再研究，還去買了一些毛筆、墨水、紙，照著書上的說明慢慢嘗試。

剛開始，他不太會控制水分，水太多會暈開，弄糊線條；水太少下筆又窒礙不順。加上毛筆柔軟，不好控制，不小心太用力，線條就太粗；或是稍微手一抖，線條就歪掉，很難抓到訣竅。

他喜歡畫人物，臨摹了幾個唐朝畫家周昉筆下的美女圖，可是單是臉的線條就很難拿捏，不是太圓太扁，就是太斜太歪。眼睛更難，不是一上一下，就是大小眼鬥雞眼，鼻子有時候畫太長，嘴巴畫太大。明明是一群美女，他畫起來像是一群女鬼，實在慘不忍睹。

不過曄廷向來好勝，不肯輕易放棄。練習了幾天，倒是抓到一些用墨運筆的技巧，知道怎麼控制水量，不會整張紙都溼淋淋一片。而畫仙教他運氣的部分，也有助於他控制手勁的力道，不是隨便拿著筆揮灑，還要能收放自如。

他希望有一天，可以用毛筆水墨，畫出儀萱的畫像。

＊＊＊

當以丞問他要不要去他家游泳時，他就猜到儀萱應該也會去。這兩天，媽媽看他對古代水墨畫有興趣，告訴他最近北美館有個展覽，這個畫家林在斳曾經在爸爸的畫廊展覽過。媽媽說，林老師用現代的水墨畫法來重新詮釋古代的名畫，有仿古，也有更多自己的創意。他聽了後興致勃勃，想問問儀萱有沒有興趣一起去。

他到以丞家時，其他人都還沒到，他幫忙以丞媽媽擺放食物飲料，同學們也陸陸續續到來。當以丞說玲甄生病臨時不能來時，他偷偷鬆一口氣，玲甄老愛跟著他，他不希望約儀萱去北美館時，玲甄也說要去。

儀萱、宗元跟外送的披薩一起出現。他們跟大家打招呼聊天，好不容易等到儀萱一個人的時候，曄廷走上前去。

「嗨，儀萱！」曄廷拿著一杯汽水，儀萱手上也拿著飲料。

「你也來游泳？」儀萱臉上帶著淺淺的笑，他也忍不住感到歡喜起來。

「是啊，我想以丞一定會邀你，所以就來了。」曄廷直接的說，他看著儀萱，發現她臉紅的樣子很可愛。

「你最近在畫什麼？」儀萱問。

「就隨手畫些風景。」他還不想讓儀萱知道自己在練水墨人物，希望等畫出來後再給她一個驚喜，不過他很高興儀萱提到畫畫，說不定她會願意一起去看林老師的畫作。

「對了，我想去北美館看展覽，你有興趣嗎？」

「好啊。」儀萱答得自在不做作，曄廷聽了很開心。

「那你星期……」曄廷正要問儀萱哪天有空，有人從後面攬住他的肩膀打斷他的話。是宗元。

「嘿！恭喜你，拿到第一名！」宗元用力拍著曄廷的肩膀，就在這時候，他感到一股很強的眞氣傳來，就像那天他拿校長昏倒前抽到的紙條給儀萱時，儀萱用力抱著他所傳給他的眞氣那樣。他們都不是刻意的，但是在開始練眞氣後，曄廷可以感覺到這種與眾不同的力量。

「喔，謝謝。」他心不在焉的道謝，腦袋裡思緒飛轉，這是怎麼回事？柳宗元也有同樣的力量，可是他不是有姊姊嗎？這樣他不可能是畫仙弟子的後代啊！

「喂，你這麼會畫畫，教我好不好？」宗元問。

他沒想到宗元會這樣問，怎麼老是有人要他教畫畫，他忍不住苦笑。「蛤？喔，好啊，以後……」

「不用以後啦，就現在！走，我們去問趙媽媽哪裡有紙跟筆。」宗元硬拉著他，那股眞氣又傳來，曄廷要擺脫他的拉扯並不難，不過這倒是個好機會，可以問他是不是也遇到什麼特別的經驗，怎麼獲得眞氣的。

宗元還眞的去要到紙跟筆，雖然只是一般的影印紙跟兩支鉛筆，不過宗元是認眞要曄廷教他。

「人像要怎麼畫啊？我看你畫儀萱畫得很像耶！」宗元問。

「你眞的要學啊？」

「是啊！」宗元猛點頭。

「好吧！」曄廷想了想，「我們各拿一張紙。畫人像，頭型和五官的結構比例要抓對。我們先畫個橢圓，這是正面，下面稍微尖一點，是下巴。」

宗元學著在紙上畫個橢圓，線條有點歪，曄廷隨手畫的橢圓對稱多了。

「你覺得，眼睛在哪？」曄廷停筆問。

「嗯……在這裡？」宗元指著橢圓形內四分之一靠近頭頂的位置。

曄廷笑了笑，這是很多初學者容易犯的錯誤。

「不是。」他在橢圓形中畫個上下左右對稱的十字，「眼睛在這裡。整個頭的正中央。」他指著十字的橫線。

「怎麼可能？眼睛上面就是額頭，然後就是頭頂了啦，怎麼可能在頭的中央，這樣看起來好奇怪喔！」宗元瞪大眼睛不敢相信的樣子。

曄廷拿出手機，要他站正，幫他拍了張正面大頭照，然後把手機遞給他看。

「你看，」曄廷用食指跟拇指之間的寬度當量尺，「下巴到眼睛的距離，是不是跟眼睛到頭頂的距離一樣？」

「真的耶。」宗元自己也比劃一下。

曄廷一邊看著手機的照片，一邊拿起鉛筆在紙上的橢圓上作畫。他先在中線上畫出眼睛，點出鼻子嘴巴的位置，接著在中線下方的橢圓外面畫上耳朵，頭上再畫出頭髮的線條，整個輪廓外型大致就出來了。

「哇，不錯嘛！」宗元忍不住讚嘆。

「先把輪廓比例畫出來，然後加入明暗。先決定光線在哪個位置，之後……」曄廷的話被打斷，幾個以丞班上的同學走過來。

「你們在幹麼？」「這是在畫宗元嗎？」「很像耶！」

大家看到曄廷的畫，七嘴八舌的討論。

「對了，宗元，你姊姊明天有沒有空可以幫我補數學？」一個女孩說，曄廷記得她叫雲喬。

「我記得她說明天要去跟她爸爸見面，我不太清楚，你再問問她好了。」宗元說。

「她的爸爸？」曄廷忍不住問。

「喔，我姊是媽媽跟之前的先生的小孩，媽媽後來跟我爸結婚後才生我。」宗元自在的解釋。曄廷看其他人沒有特別反應，看來大家都知道這件事。

這樣就對了！曄廷心裡想。所以宗元的確是獨生子，他說自己是柳宗元的後代很可能是眞的，尤其他身上帶著眞氣騙不了人。

他很想問宗元有沒有遇到什麼特殊的經驗或黑暗的力量，不過身邊這麼多人不方便，看來要另外找時間了。

「宗元，原來你在這裡。」儀萱小跑步過來，看起來心事重重。

「曄廷在教我畫畫。」宗元說，他似乎也發現儀萱臉色不對，「怎麼了？」

「沒事，」儀萱擠出一點笑容，「我有事要先走，你要不要一起走？」

「喔，好啊！」宗元說，「曄廷，謝謝你教我畫畫啊！下次再跟你學。」

宗元和儀萱跟大家道別，匆匆離開以丞的家。

不知道發生什麼事。曄廷心想，但他迫不及待跟畫仙講自己的發現。

14

曄廷再度來到畫境，兩人前往《寒香詩思圖》，畫仙對於曄廷所說，柳宗元可能是柳子夏的後代，她只嗯了一聲，沒有多作回答。

「你對於找到其他弟子的後代似乎並不怎麼在意？」曄廷忍不住問。

「不是不在意，有一股不尋常的力量導致畫鬼橫行，我希望你先把五行之氣練好，抑止畫鬼的行爲。這不是闇石的力量，所以我擔心的是，這力量會不會跟徐靜的後代有關。她雖然和子淯沒有子嗣，但她承襲我的法力，帶有隱靈，所以子淯雖死，但她依然有可能跟其他人有子嗣，把隱靈傳下去。只是她跟子淯在一起後，心念改變，法力中帶有邪氣，也會隨著隱靈傳給後代。我知道隱靈要闇石恢復能力時才能被啓動，但是那股邪氣會如何發展卻不是我能預期，很可能是爲了闇石而來。」

曄廷點點頭，畫仙希望他練五行之氣，好對抗畫鬼，同時觀察這些人，卻不要跟他們相認，怕的就是其中某人是徐靜的後人，發現畫仙藏在畫中前來逼問闇石的下落。

「先專心把金氣練好。你的『起劍式』跟『天鵲高飛』練得如何？」畫仙問，「讓我看看。」

曄廷不敢怠慢，全心貫注，使了出來。

「應該可以繼續學了。」畫仙說，帶著他再度去《公孫大娘舞劍圖》。

「嗯，畫仙說的沒錯，你的資質不錯，」公孫大娘看了曄廷這幾天自己練習的成果，面帶微笑著說，「聽說你還自己看喜鵲在天空飛翔的樣子，用創意稍微改變了劍式？」

「只是自己隨便試試。」曄廷不好意思的說。

「使幾招我看看。」公孫大娘鼓勵他。

曄廷心中想著那天在《寒香詩思圖》看到喜鵲高飛的情景，搭配公孫大娘教的兩種劍式，凝氣運劍，使了出來。

「很好，想不到你反應這麼快，」公孫大娘面露微笑，似乎很滿意，「把鵲鳥沖天高飛的精神抓得很好。現在我要教你『群鶴盤旋』。」

「『群鶴盤旋』跟『天鵠高飛』是不同的概念。」公孫大娘一邊解釋一邊比劃，「『群鶴盤旋』的招式優雅，手臂伸展，關節靈動。牠們盤旋於天不是爲了好看，銳利的鶴眼伺機而動，看到湖水裡的魚蝦便俯衝而下，動作迅速，用長喙啄食。長劍就像鶴的利嘴，在空中來回舞動盤旋，同時進攻又迴身自衛，並在最恰當的時機給敵人致命一擊。」

公孫大娘腳步移動迅速，但是舞動的線條柔和順暢，長劍抖動如鶴的長頸，上下左右靈活繞轉。曄廷仔細的看著公孫大娘演練，把招式一一記在心裡。

「記下了？」公孫大娘看曄廷點頭，「好，換你練給我看。」

曄廷依照剛才看到的招式，雙臂張開，一腳獨立，像鶴鳥展翅那樣，然後彎起的腳往後斜踢，身體順勢扭轉，雙臂舞動，手腕繞行，在空中舞出一朵朵劍花。

「脖子太僵硬了，要順著身體轉動。鶴頸伸縮自如，可不是一根硬邦邦的竹竿！」

曄廷一遍又一遍的練習，出劍使劍，直到公孫大娘滿意爲止。

「這招練到這樣算不錯了。我再教你下一招，這招叫『彩蝶撲花』，這是取蝴蝶在花叢中，快速振動翅膀的姿態。蝴蝶雖然比鳥類小很多，飛行的速度卻是讓人眼花撩亂。」

曄廷很了解蝴蝶的習性，有陣子他對蝴蝶感興趣，想拍牠們的照片，尤其是春天的時候，群蝶亂舞，非常好看。可是別看蝴蝶小小一隻，飛動的速度很快，拍照時很難對焦，常常他按下快門，蝴蝶已經飛離鏡頭，不是一團模糊，就是只照到一部分。他可以想見，這個招式的出劍速度要比之前來得更快。

果然，公孫大娘一改之前伸展、大幅度的動作，這次她小步挪移，或躍或踢，或跑或走。手臂靠近身側，手肘內縮，手腕快速轉動，或刺或砍，或劈或擊，或絞或撩，在空中挽出一朵朵小小劍花，加上她輕巧的移動，看起來眞的像蝴蝶在花叢間飛舞一般。

這個招式對曄廷來說似乎比較容易上手，可能之前學的幾式讓他舉一反三；也可能他的體型不高大，這種要快速回身抽劍，急速縮身平刺，併步快走繞劍等技巧，對他來說不難達成。

「很好。」公孫大娘在他練了一陣子後，滿意的點頭說，「現在來點不同的。」

她長劍刷刷兩聲，瞬間四、五支帶葉的樹枝落地。公孫大娘把這些枝葉隨意踢向四方。

「站在這。」公孫大娘指點他站在樹下的枝葉上。

「我要你運氣，朝每堆枝葉上落去。這裡沒有花，想像這些葉子是花，而你像蝴蝶那樣，每朵花沾一下。」

這有點像曄廷小時候去鄉下，表姊教他玩跳房子的遊戲，不過公孫大娘把樹枝的間隔拉得比較遠。他運起真氣，凝神專心，運力在下盤，然後朝著不同的樹枝躍去。

「好，跳到每堆葉子對你沒問題，現在，我要你一邊使『彩蝶撲花』一邊跳躍，想像這是一朵朵的花，而你是蝶。」

任務愈來愈難了。他一邊想著招式，一邊注意腳下的枝葉，有時注意著落腳的方向，使劍的速度就慢了；有時專心在劍招上，忽略步伐跨出的大小就踩歪了；再不然就是轉右刺劍時，發現枝葉是在左邊。

他來回試了好一陣子才抓到感覺，他領悟到，使劍不是自己耍著高興就好，還要眼觀四面、耳聽八方。

「很好！注意了！」公孫大娘低喝。

曄廷一驚，不知道是什麼意思。他剛跳起，劍從胸前橫劈，正準備左腳落在前方的葉子上，這時，公孫大娘舉劍朝地一指，一股很強的劍氣鋪地而來，曄廷左腳本來要踩上的枝葉被劍氣吹開了。曄廷一時不知道怎麼辦，左腳踩空在地上，沒踩到葉子。

他看了公孫大娘一眼，期待她會教一些方法招式，可是她什麼也沒說，只是催促他再度練劍。

看來她想考驗曄廷的應變能力。他牙一咬，運氣提劍，這次他跨出右腳，往最近的一處枝葉躍去，果然，如他所料，一陣劍氣衝來，把枝葉吹走。還好他已經從眼角看到右前方還有一些枝葉，心裡已有準備，將腳步跨大一些，果然踩上枝葉。

他正得意，公孫大娘的劍尖抵上他的喉嚨，他嚇了一跳。

「不能只注意腳下！」

他顧著腳步，便忘了手上要使劍了。

「繼續！」公孫大娘喝道。

又要使劍，又要注意步伐，又要擔心腳下的枝葉被吹走，曄廷左支右絀，滿頭大汗。

「好了，今天到這裡爲止。你資質高，學習快，這樣很不簡單了。」公孫大娘說，「繼續練習，不要忘了練氣，內外功夫要並進才能學到眞本事。」

「謝謝大娘。」曄廷恭敬的說。

「練得很累嗎？」畫仙看著他問。

說眞話，今天的招式比起先前繁複許多，最後那部分儘管已使出全力還是不行，腳都快跳斷了，蝴蝶有比身體大好幾倍的翅膀耶，他兩隻笨重的腳怎麼比啊！

正當他要隨口說出有多累時，他注意到畫仙的口氣不太一樣，這陣子相處，他可以感覺到畫仙細微的神情變化。她問話的口氣並不像關心他，擔心他太累的樣子，相反的，好像有事要他做。

他馬上把抱怨吞進去。「還好，不算累。」

畫仙看了他兩眼，確定他沒問題。「好，那我們去練水氣。」

太好了！曄廷精神來了。還好剛才沒亂抱怨，他等著練水氣，等著可以自己進出畫境這天已經等很久了。

「我們要去哪練？」曄廷想了想，「《早春圖》嗎？」

「《早春圖》當時的確讓我沒跟著原畫被燒毀，我的法力跟畫中水的能量結合，保住我的元神，不過這幅畫裡還是太過熱鬧，不適合練氣，我帶你去別的圖。」畫仙說。

對在臺北長大的曄廷來說，人聲鼎沸的夜市才叫熱鬧，《早春圖》中遠離城市的高山瀑布簡直是天上仙境，不過畫仙天生喜靜，《早春圖》裡有漁夫，有挑夫，有舟子，有小孩有狗，還有華麗的樓層建築，對她來說還是不夠清淨。

「誰的圖？」曄廷問。

「你眞的不累？」畫仙看著他。

「不會。」曄廷挺起胸膛。

「好。」畫仙想了想，「我們去宋朝李成的《寒江釣艇圖》。」

15

曄廷沒睜開眼就感到一股冷意。其實他已經不驚訝了，畫仙都喜歡這類清幽寒冷的地方。還好現在他會運氣暖身，讓自已不會猛打顫。

他看看四周，發現他跟畫仙站在一處大石上，旁邊有幾棵大樹，寒冬中，樹上的葉子都掉光了，露出彎曲蒼勁的樹枝，樹根糾結盤據，雖然是蕭瑟的冬天，但也顯現出強韌的生命力。

前方是一潭黝黑的大池，深不見底，水潭對面有座高山，溪水蜿蜒切穿山坳處，從山崖高頂直落而下，形成一條細長的瀑布。瀑布的水落在潭中，湖面上水花瀰漫，氤氳繚繞，顯得更是神祕。

滿溢出來的湖水從石塊中穿出，在他的腳下形成小瀑布，匯集而成另一條小溪流，流到左方的一個湖裡。一葉扁舟在湖中輕盪，上面一個老翁專注安靜的釣魚。

好美啊！曄廷忍不住讚嘆。這裡果然比《早春圖》更遺世，更清幽，而這潭深水一定飽含很多的能量。

「這裡我來過幾次，是練水氣最佳之所。」畫仙說。

「要怎麼練？需要親自下水嗎？」

「要取水氣，最好讓水浸透全身。讓全身的穴道在水力的衝擊下得到力量。」

「所以你下去過？但是，這湖水應該很深吧？」曄廷看著潭面，水面上的煙霧徘徊飄忽，他只能隱約看到波紋浮動，看不見到底有多深。

「我下去過幾次，有一次我試著潛到裡面看水有多深，可是我氣用完了，還是看不到底。」

「這麼深啊！裡面有魚嗎？」

「裡面什麼都沒有。」畫仙搖搖頭。

「那，我現在就下去嘍？」曄廷問。

畫仙看了看四周，確定一切無事。「嗯，好，這水冷，記得先運氣護身。」

曄廷收斂心緒，凝氣呼吸，準備就緒。

「入水之後，先用眞氣護住心脈，之後讓水氣進穴道，順入周身百骸，這水氣可給你法力，讓你得以行走畫中。等水氣在體內繞行後，跟眞氣會合，再導入金氣跟土氣。」

畫仙細細叮嚀一些心法，「我會跟你入水，在一旁照看。」

曄廷點點頭，在畫仙的示意下，跳進水裡。

這水眞不是普通的冷！他立刻覺得整個人好像結凍在大冰塊中，一股巨大力量掐住他，彷彿全身的血液都要凝結，呼吸都要停止了。

「運氣！護住心脈！」畫仙的聲音隱約傳來。

他集中精神，把畫仙傳授的心法在腦海中想過一遍，運眞氣，終於可以活動手腳。

他划動身體，把頭探出水面呼吸，同時看到畫仙在他的身側。畫仙也跟他一樣在水中保持著平衡，長長的頭髮在水裡顯得更烏黑，把臉襯得更蒼白。

「放慢呼吸，深進緩出，五次之後，入水練氣。」畫仙低聲說完潛入水中。曄廷依言，深呼吸後也跟著潛進去。

這次，他的注意力不在水溫，而是在運氣與練眞氣，他感到水氣的滋潤貫徹每個穴道，一道冰冷卻強勁的力量流竄全身，水的晶瑩、透明、溼潤、沁涼、流暢、淨化等特質，一一注入他的體內，另一種不同的氣在丹田聚合。

他覺得自己憋氣的時間比以前更久，過了好一陣子才需要浮出水面換氣。他轉頭看畫仙。

「照這樣再練四次，總共要入水練氣五次。」畫仙說。

他點頭，調勻呼吸，再度下水，每一次他都覺得得到更多的力量，可以潛水的時間也更久了。

第四次他上升回到水面時，看到畫仙眉頭深鎖。

「怎麼了？」他游過去她身邊。

「這水氣不對。」她低聲說。

曄廷也察覺到了。本來潭水黝黑，而上面的水氣是白色的，像是一層濃霧，可是現在隱約可以看到在白色朦朧的霧氣中有細微的黑影閃動。他仔細一看，這些黑色水氣的外型像蛇，它們吐著黑色的蛇信，在水面上亂竄。

這些黑蛇氣看到曄廷浮出水面，彷彿看到獵物一樣，對著他急射而來。

「小心！」畫仙低喝。

曄廷運起眞氣，把劍氣運到手上，向黑蛇氣砍去。他是學校游泳校隊的，在水中活動對他不成問題，但是想要用劍抵擋這些黑蛇氣並不容易，不管是剛學的「群鶴盤旋」、「彩蝶撲花」，還是之前的「天鵲高飛」，都不適用於水中，只能將自己所學的發揮三、四成。他覺得自己需要類似「空中斬蛇」的招式。

曄廷開始招架不住，更多的黑蛇氣出現，他的劍氣斬散身旁的水氣，但是仍然有兩道黑蛇氣竄上胸口，他趕忙運土氣，把全身防護住，同時震落黑蛇氣，只是其中一道還是咬了上來，他痛得眼前一黑，差點暈過去。

畫仙的拂子也在水面上招呼這些黑蛇氣，她看到曄廷受傷，非常焦急。「你還需要入水練氣最後一次，這裡我來。」

曄廷有點不放心，不過他不敢違背畫仙的命令，他也知道，自己將五行氣練精實才能眞正幫助畫仙，只好聽話的點點頭。

畫仙的拂子使得更勤，用吸納法吸去更多的黑蛇氣，讓曄廷可以呼吸運氣，然後他吸一口氣，再度潛入水中。

不知道是胸口受傷的關係，還是擔心水面上跟黑蛇氣奮鬥的畫仙，他最後這次入水練氣並不順利，水氣在體內衝撞，無法順暢繞行。不過還好黑蛇氣只盤旋在水面上，下不去水中。

就在他費盡氣力修習時，他感到身旁水流傳來劇烈的晃動。他睜開眼睛一看，看到畫仙被拖進水裡，離他遠去。他趕忙浮出水面。

只見她身上覆滿黑蛇氣，沒有動彈，一副骷髏手抓著她的肩膀，強行將她拖走。他朝著畫仙的方向游去，可是其他的黑蛇氣向他圍攻而來，看來，水面上他討不了好，要從水裡追。曄廷再度入水，朝著剛才畫仙被拖走的方向游去，可是這一耽擱，已經失去畫仙的蹤影。

他又生氣又著急，一時不知道怎麼辦才好。畫仙被帶到哪？那隻骷髏手是哪裡來的？還有，之前進出畫境都是畫仙帶領的，他水氣還沒練完全，會不會被困在這裡？

他從水裡往上望，黑蛇氣還在竄動，等待機會把他也帶走。他別無他法，只好先強迫自己定下心，繼續在水中練氣。

他現在剩下自己一個人了，沒有畫仙在旁邊幫忙。他閉住呼吸，用眞氣推動體內的氣，先用土氣的保護力包圍胸口的傷，然後再度讓水氣衝擊全身穴道，終於，在肺部的氧氣用完之前，他感到水氣在體內完全被接收，腰部兩側腎臟的位置感到一陣能量通過。

曄廷得到水氣，浮出水面，水面的黑蛇氣立刻朝他攻擊，這次他不運金氣，現出劍氣，反而大口呼吸運氣，雙手蓄滿水氣能量，對著向他奔來的黑蛇氣推去，只見一條條亂竄的黑蛇氣遇到自己手上的氣，便在空中蒸發散去，消失無蹤。

曄廷大口喘著氣，然後游上岸邊，慢慢調勻呼吸。他全身溼透，這畫裡還有積雪，冷意不斷襲來。他運起眞氣，讓身體回暖，加上土氣、金氣、水氣的力量，終於身上的水分慢慢散去，變得乾爽了。

現在該怎麼辦？他要去救畫仙！可是怎麼救？去哪救？他拿到水氣了，是不是眞的可以在各個畫作間遊走？

之前是畫仙拿拂子點向他的手心，帶他到其他畫裡，現在畫仙不在了，要怎麼辦？他同時又想到，那次去《延陵掛劍圖》時，畫仙要他用心想著自己要去的畫，她在一旁用法力相助，現在他有部分法力了，或許這個方法可行。

他閉上眼睛用心冥想，把《公孫大娘舞劍圖》仔細在腦海中重現，然而當他再度睜開眼睛，卻還是身在李成的《寒江釣艇圖》裡。他不由得感到洩氣又恐慌。

他在石頭上來回走著，心裡想著該怎麼辦？他可不想永遠被困在這幅畫裡啊！試試看《搗練圖》好了。他再次深呼吸，閉上眼睛。

「咦，你怎麼一個人回來？」

「畫仙呢？」

曄廷鬆一口氣，他回到《搗練圖》了。一向都是畫仙帶他進出畫境，這次他一個人出現，其他女子都很緊張。

「畫仙她……她遇到麻煩了，她被帶走了。」曄廷皺著眉頭說。

「誰帶走她？」「她……受傷了嗎？」「怎麼會這樣？」「唉，我就說，她一定有什麼麻煩，卻什麼都不說。」

穿白衣裙，圍橘紅長巾的玲素揮手阻止大家的詢問，她走向曄廷，低聲問：「發生什麼事了？」

「畫仙帶我去《寒江釣艇圖》，我正在練水氣時……」曄廷把剛才的經過大致說出來。

「骷髏手！」「好可怕啊！」「好嚇人啊！」「那是誰的手啊？」「他爲什麼要帶走畫仙？」「他會不會殺死畫仙？」「不知道畫仙現在怎麼樣了？」

她們的問題曄廷一個也回答不出來。「我眞的都不知道。」

「我們怎麼救她？」「你會不會去救她？」「是啊，你可以到別的畫了嗎？」「或許你可以去別的畫找她。」「你幫我們去救她吧！」

忽然間，一群女子眼神殷盼的望著他，讓他覺得自己背負著重責大任，又有點不好意思。

「以前從來沒有發生過這種事！你眞的可以救她？」紅珊口氣急促，帶著質疑。

「我……我一定盡我的全力。」他誠懇的說，雖然他也不知道怎麼下手。

「曄廷小兄弟，謝謝你，我們都希望畫仙可以安全回來。但是請你也要注意安全。」

白盈輕柔的聲音讓曄廷的心緒稍微穩定下來。

「好，我會的。」

「那我們在這幅畫裡安全嗎？」玲素看著他問。

「你們應該是安全的，我第一次來這裡之後，畫仙說她已在這幅畫設氣結咒，讓不好的力量不能進來，所以我想不會有問題的。」曄廷安慰她們。

畫仙不在後，他好像變成她們的期望，他也覺得自己有責任去把畫仙找回來，確保畫境的安全。

「那你下一步打算怎麼辦？」玲素又問。

「我練會了水氣，應該可以到各個畫境去，但我必須先弄清楚怎麼進出畫境，然後去找找看畫仙被帶到哪幅畫裡。」曄廷說。

「好，如果你有什麼需要，我們又可以幫得上忙的，請儘量說。」白盈說。

「我會的。」曄廷用力點頭。

曄廷看看這個畫境，畫仙當時知道畫鬼愈來愈猖狂，在這裡設下氣結咒，所以這裡是安全的。他剛剛在《寒江釣艇圖》裡，其他的畫都不能去，可是可以回來這裡，他猜想，這幅畫就好像一個中繼點，要去別的畫作都得先回來這裡。

爲了證明這個理論，他做了一個試驗，他深呼吸仔細想著《早春圖》的畫面，果然順利去到畫作中。

太好了！他可以去別的畫作，但是一定要先回到《搗練圖》。可能因爲他的五行之氣還沒修習完成，所以不能像畫仙那樣要去哪幅畫就去哪幅，不過這已經是很大的進展了。他還記得畫仙教他用土氣的法力，消去自己留在畫中的痕跡後又回到《搗練圖》。

平常嘰嘰喳喳的十二人，看他在畫作中進進出出，低頭沉思，難得沒有來打擾他，讓他好好思考。

「你還可以回到你的世界嗎？」水鳳知道他可以去其他的畫作後，好奇問他。

「可以，我只要再碰畫仙的木杵就可以了。」曄廷說。他看著畫仙在畫裡立著不動的背影，想到她之前用心教他法力，幫他打退畫鬼，現在卻被抓走，生死不明，心裡有點難過。

「那就好。」白盈微笑著說。

「那我先回去了，有消息一定馬上回來。」

16

曄廷打開畫冊，想找找看有沒有什麼畫跟鬼或骷髏有關，但古代的水墨畫以山水、人物、花鳥為主，鬼怪主題的作品在一般畫冊上不容易看到。曄廷翻遍了手上的幾本畫冊都沒看到，於是他打開電腦，在網站上的搜尋框輸入「古畫，骷髏」，沒想到馬上就出現一幅畫。

那是李嵩的《骷髏幻戲圖》。之前畫仙曾帶他去挑武器的《市擔嬰戲》，也是李嵩的作品。在《骷髏幻戲圖》裡不僅有骷髏，而且還有兩個！

畫面左邊有一具大骷髏。依照頭上戴的烏紗帽跟身上穿的紗衣來看，似乎是一名男子。這個大骷髏坐在地上，手拿著提線木傀儡，操縱另一個小骷髏。小骷髏手舞足蹈的模樣，彷彿在吸引人靠近。

小骷髏的右邊有個小孩在地上爬行，一邊對著骷髏伸出手，似乎正準備爬過去。小孩後面的婦人應該是他的母親，她緊緊盯著孩子，神色憂鬱。大骷髏的身後坐著另一名婦人，她手裡抱著個嬰兒，嬰兒正專注的吸吮著母奶。

一定就是這幅畫了！曄廷的心臟怦怦跳著。想不到這麼容易就找到。這裡有兩個骷髏，不知道是哪個帶走畫仙的，不管怎樣，一定要進去看看！

這天晚上，他趁爸媽都已熟睡時，再次來到《搗練圖》。

畫中女子們看到他出現，都圍了上來。

「畫仙回來了嗎？」曄廷問。

雖然他親眼看見畫仙被帶走，但是心裡抱著一線希望，或許她自己可以脫困回來。

「沒有。」大家的臉色黯淡。

「你知道去哪裡找她了嗎？」小蘭拉著他的衣角問。

「我想我知道了，我現在就要去看看。」曄廷說。

「眞的？」「太好了！」「在哪？」「是哪幅畫？」「可不可以也帶我去！」「對啊，我們可以幫忙。」「我拿木杵敲他！」「我可以把木炭倒在壞人的頭上！」

女孩們七嘴八舌的討論起來。曄廷覺得還是自己去解決好了。

「你們不要吵了！」玲素喝斥，「曄廷小兄弟自然會有主張，我們聽他安排就是。」

曄廷感激的看著她，第一次進來時覺得她最不耐煩、最不友善，可是其實很直接很務實，不會拐彎抹角。

「一切小心。」白盈殷切的說。

曄廷感激她的貼心，接著便凝神運氣，用心想著《骷髏幻戲圖》的畫面。

＊＊＊

「想不到你這麼快就找來了！」大骷髏看到曄廷出現，陰森森的說。

曄廷看到一副白骨在講話，覺得毛骨悚然，而且他的手中還操縱另一副小骷髏。

「果然是你把畫仙帶走的！」曄廷氣憤的說。

「嘿嘿，誰叫她老是破壞我的力量。」

「你到底想幹麼？」

「哼，畫境裡的畫作都是畫家最完美的傑作，可是在成就這些傑作之前，他們畫壞多少畫？創造多少敗筆？這些失敗品不見天日，不是被燒毀就是被破壞，成了幽靈畫鬼。現在他們力量變大了，我有義務讓他們回到畫境，讓世人也看到他們的存在！」

「是你讓他們的力量變大的嗎？」

「他們的力量應該永遠屈服於畫仙嗎？世上權力交替，沒有誰應該擁有永遠的力量！畫鬼的力量強大，那是他們應得的！」大骷髏的聲音陰森刺耳，卻沒有直接回答曄廷的問題。

「畫仙在哪？」曄廷覺得事情不簡單，不過現在不是跟大骷髏辯論的時候，還是先救出畫仙要緊。他左右張望，畫中還有兩名女子，長相跟他在網路上看到的照片一樣，一個矮小頭大，一個豐滿結實，都不是畫仙的樣子。

「你放心，她還活著。她的力量很大，畫境還是充滿她的法力，我要全部接管還需要一段時間，我會要她把力量慢慢交給我。」

大骷髏的話讓曄廷打了冷顫。「你要慢慢折磨她？」

「哼！」大骷髏冷笑一聲，沒有直接回答，但也等於是回答了，「你還是先關心你自己吧！」

「你想幹麼？」曄廷本來就保持警覺，這時他運起金氣，劍氣在手上形成。

大骷髏細長的白骨左手朝著右邊的婦人一指，那婦人本來朝著孩兒伸出雙臂，現在臉色猙獰，雙臂朝著曄廷而來，她大腿以下的身軀模糊不清，無法行走，像個殭屍一樣，跳著跳著，跳到曄廷面前，然後向他抓來。

曄廷舉劍前刺，沒想到婦人的腳雖不能走，跳的速度倒很快，她馬上往後一躍，躲開了劍式，同時再度向曄廷抓來。曄廷使出「天鵲高飛」。第一次用來應敵時，是在《公孫大娘舞劍圖》對付圓圈，當時才剛練，還不熟悉，經過這些日子的練習，加上新招式的融合，他使起來順暢許多，把婦人逼退了一些。但是她並不退縮，一再向前逼進。他又嘗試加上「群鶴盤旋」的招式，伸長手臂的動作的確加長跟敵人的距離，但是有些盤旋纏繞的劍招，或是回身自衛的動作還不是很純熟，他知道自己還要多練習。

就在這時候，他腳下一絆，失去重心，身體向左傾。曄廷低頭看見原本在地上爬向骷髏傀儡的嬰孩，這時爬向他的腳邊，伸出手來絆倒他。婦人看見機不可失馬上朝他抓來，那一瞬間曄廷想起公孫大娘教他「彩蝶撲花」時的練習，全身運起眞氣，內力貫於左腳，向左後方跨一大步，站穩身軀，同時使劍向左刺去。

婦人本以為他要跌下去了，正全力攻擊，沒料到曄廷可以反擊，還刺上她的右肩。曄廷的劍刺向婦人那瞬間，她右半上身化成黑氣，消失在空中。看來他的劍氣愈來愈有用了！雖然還不像畫仙的拂子那樣可以除去全部的鬼氣，或是將畫鬼吸納進拂子裡，但是已經可以削弱他們的力量了。

他正得意，腳下又一絆，原本爬行緩慢的嬰孩居然像一隻大蟑螂快速的在地上爬竄，他趕忙用上「彩蝶撲花」，但是這招他學得的時間最短，技巧還不熟練，幾次差點眞的跌下去。更困難的是，他明明知道那是畫鬼，不是眞的嬰孩，可是他臉上天眞無邪，稚幼萌憨的表情對著曄廷，讓曄廷無法對他下手攻擊，只能左跳右跳的避開。而婦人伸著左手，完全無懼曄廷的劍，繼續對著他衝來。

曄廷面對婦人的攻擊，還有嬰孩的擾亂，開始覺得應接不暇。

「嘿嘿！」大骷髏陰笑兩聲，讓人覺得刺耳，「小骷髏，去把他給我帶過來！」

曄廷大驚，轉頭看去，只見大骷髏手上木傀儡的線忽然變得很長，連著線的小骷髏張開雙臂的白骨朝他奔來，而眼前婦人的左手也抓向他，腳下的嬰孩也把手伸向他的腳。

他使盡全力，把公孫大娘教的招式，《延陵掛劍圖》侍衛領頭使出的招式，以及自己變化的招式，統統拿出來用，可是還是沒能讓自己占上風，而且愈來愈險象環生。他知道這次沒辦法順利救出畫仙，爲了不讓自己也陷入險境，決定先離開！

他將心念專注在《搗練圖》，在小骷髏的森白五指碰到他肩膀的刹那，回到《搗練圖》。

「你有找到畫仙嗎？」紅珊第一個跑到他身邊焦急的問。

「我知道她被誰帶走，可是我沒辦法把她帶回來。抱歉，我的法力還不夠。」曄廷難過的說。

「那怎麼辦？」「這下糟啦！」「唉！」「連他都不行，畫仙回不來了。」

一群人愁眉苦臉，唉聲嘆氣的。

「好了，曄廷小兄弟現在法力還不夠，不代表一直都會這樣。」玲素喝斥。

大家頓時鴉雀無聲。

接著玲素走到曄廷面前，專注的看著他。「畫仙帶著你練五行氣，對你期待很深，你要繼續練下去！」

玲素的話鼓勵了他，讓他不再陷入沒能成功救回畫仙的自責情緒裡。「我拿著季札的承諾之劍，我用這把劍來做見證，我一定會努力練好五行氣，把畫仙帶回來！」

「謝謝你！我們相信你！」玲素說。

「我看你很累了，先回去休息吧！如果你也倒了，或被抓走了，那我們就沒有指望了。」白盈輕聲的說。

曄廷聽了，頓時覺得全身痠痛，之前腳踝被圓圈劃傷的傷口，還有胸口被黑蛇氣咬到的地方又痛了起來，他知道自己耗了許多眞氣體力，眞的需要好好的休息跟修習！他告別畫中女子們，回到自己的世界。

17

現實世界裡一切如常。爸媽忙著畫廊的事，很少在家。不過他從爸爸自畫廊拿回來的藝術展覽訊息中，看到故宮有個展覽叫「古代生活小品」，或許值得看看。

學校方面，宋詞欣賞賽後，又有不同的活動，教務主任安排了「與作家有約」，請了同學間很流行的「魔幻仙靈」系列的作者來演講。他本來對這一系列的書並沒有多大興趣，不過最近有了進出畫境的經驗，讓他開始對奇幻世界的描述感到好奇。班上有位這學期剛轉進來的轉學生借給他整套書，他看得津津有味。另外，游泳校隊跟附近的懷銘國中進行了友誼賽，他在一百和四百公尺個人項目自由式拿到第一名，其他項目成績也不錯，還打破自己跟學校的紀錄，教練非常高興，嘉許了他一番。

還有，他一直想找儀萱，約她去美術館，不過她似乎很忙，一放學就不見蹤影。

「這幾天她跟以丞一放學就去陳老師家，你知道陳老師在課堂上忽然離開教室然後失蹤的事吧？他們兩個去幫陳老師的姊姊買晚餐。」玲甄跟他說這件事的態度表面上在說儀萱急公好義，幫助別人，語氣中卻帶有淡淡的挑撥味道，暗示她跟以丞在一起。

「那就好。」曄廷語氣平淡，沒有多說什麼。玲甄似乎有點失望他既沒有憤慨也沒有特別好奇，不過她也沒再說什麼。

曄廷的心懸在兩件事上，這兩件事都跟去救畫仙有關。一是繼續去找公孫大娘練劍，二是練好水氣，然後設法練木氣跟火氣。

那天，曄廷又來到畫境，進入《公孫大娘舞劍圖》。

「大娘，我要去救畫仙，請你再多教我一些劍式吧！」曄廷央求公孫大娘。

「你的『群鶴盤旋』和『彩蝶撲花』跟第一次學的時候比起來是有進步，但是這兩招你要練得更純熟，我才能教你新的！」

曄廷沒想到她這麼固執，不肯變通。他無奈的說：「那請問大娘，我如何把這兩招練得更好？」

「我看你很認眞在學，態度嚴謹，可是跟你的『天鵲高飛』比起來，進度稍慢，招式也比較僵硬，感覺少了些什麼。好像你只是依樣畫葫蘆，手比劃著招式，而不是眞的融進劍氣中。」公孫大娘皺著眉頭說。

曄廷思考著她的話，猛然靈光一現。對了！他練「天鵲高飛」時，有在《寒香詩思圖》中看到喜鵲在山裡飛翔的樣子，跟大娘教的招式相互應證，現在想要學好這兩個劍式，看來實際的觀察非常重要。

「我知道了！」曄廷開心的說，「我去想辦法把這兩招學得更好！」

曄廷回到房間，打開畫冊，一幅畫一幅畫仔細尋找，古畫中有鶴的不少，有的昂首散步，有的低頭覓食，不過他想找飛翔的鶴。

在這裡！他找到了，宋徽宗的《瑞鶴圖》。

這幅畫現在存放於遼寧省博物館。宋徽宗政和二年正月十六，都城汴京的上空雲霧繚繞，有一群鶴忽然飛來，在空中盤旋久久不去，其中兩隻還停在飛簷上。徽宗見了非常開心，認爲這是祥瑞之兆，就把這情景給畫了下來。

曄廷很興奮，接著尋找有蝴蝶的畫。趙昌的《寫生蛺蝶圖》裡有三隻花色斑斕的蝴蝶，花叢間還有一隻蚱蜢。

曄廷心想，公孫大娘是從一些大自然的現象自創劍法，如果他也能親眼看到類似的景象，便能從中領悟這套劍法的精妙，學起來更得心應手。

他一樣先去《搗練圖》，告訴那些女子他找到精進劍術的方法，大家都很開心。然後他進到宋徽宗的《瑞鶴圖》。睜開眼睛時，他發現自己站在城門的屋脊上，脊梁的末端安著神獸雕刻，他查過資料知道那叫鴟吻。四周白色雲氣繚繞，仙氣裊裊，抬頭看，天空湛藍，上面少說有十幾隻丹頂鶴繞著宮殿飛翔，其中兩隻還停歇在鴟吻上。

曄廷感受到畫裡的靈氣，他站在原地，不願靠近那些飛翔的鶴，不想打擾牠們。這些丹頂鶴各個姿態優美，生著長長的頸項、嘴喙，和那細長的腳，在空中劃出美麗的線條。曄廷仔細觀察丹頂鶴，把牠們飛翔時翅膀拍動的姿態，頸子繞動的靈活，身體舞動的力道，一一記在心裡，對照從公孫大娘那學到的劍招，心中生出不少領悟。

接著，他再去趙昌的《寫生蛺蝶圖》。他站在一處野外，野花小草恣意生長，生氣盎然。兩隻有著橘紅黑白顏色的蝴蝶在花朵間上下來回飛舞。牠們快速拍擊著翅膀，在空中翩然飛舞。接著右邊飛來一隻鳳蝶，亮黑的翅膀上有著紅色的斑點，牠翩翩展翅，飛舞的樣子既高貴又有力。

這些蝴蝶看起來脆弱無害，彼此之間可是互不相讓，在人類的眼中，牠們看起來好像快樂的在花間跳舞，但是事實上，蝴蝶是一種具有地域性的生物，會互相追逐，把對方趕出自己的領域。草叢間還有一隻蚱蜢，警戒的看著這些蝴蝶。曄廷看蝴蝶在花叢間來回採蜜，同時又要顧到其他昆蟲，覺得牠們動作俐落，一點不含糊。對照之下，自己的劍式就顯得太過拖泥帶水，不像蝴蝶舞動時輕盈快速，的確有很多地方可以更精進。

他回家後很努力的練習，把這兩招使得更好後，再度去找公孫大娘。

「好！進步很多！」公孫大娘滿意的點頭，「初學者可以這樣，算是不錯的了！」

「那你願意再多教我幾招嗎？」曄廷滿臉期待的問。

公孫大娘看著他。「好，我就教你另外三招劍法，『飛馬奔逸』、『健牛擋車』、『巨鷹擊鵲』。我知道你心急要去救畫仙，不過一下子學三招，會是很大的挑戰，你要試嗎？」

「要，我一定要試！」曄廷用力點頭，聚精會神的看著公孫大娘。

「馬匹的肌肉強健有力，跑起來勢不可擋，所以這招『飛馬奔逸』裡講究的是力道的使用。跟『彩蝶撲花』的小巧挪移非常不同。這個力不是蠻力，你看馬匹的肌肉均勻，跑起來姿態健碩結實，用在劍術上也是，注重扎實、有力，但是不代表速度緩慢，運劍不能遲滯。」

這招式跟之前幾招比起來變化更多，她把馬匹小跑，奔跑，急騁等動作跟精神都融入劍法中。公孫大娘一邊解說使劍的原理跟重點，一邊把招式一一使出。

「接下來是『健牛擋車』，這招跟『飛馬奔逸』完全相反，講究的是慢和穩。與人過招不是誰快就贏，重要的是出招的時間點。別人快速攻擊，你動作要快，即時反應；對方招式和緩穩健，你更要密切警惕，穩紮穩打的回擊。有時候對方招式繁複、眼花撩亂，那有可能是幌子，你要懂得那些隱藏在花招之內的致命之擊。所以放慢自己的速度，用『健牛擋車』之式，以慢制快。」

公孫大娘使劍前劈，反手斜切，回身後刺，每個動作使得緩慢，有點像公園裡面打太極拳的人，可是曄廷可以聽到劍身劃過空中時，劍氣發出的咻咻聲，可見那力道很強。

公孫大娘示範完後讓曄廷練習，她在旁一一指點。曄廷有了之前的基礎，現在學起來更快，他終於了解爲什麼公孫大娘堅持要他把前面的招式都練熟了才教他新的。

即便如此，曄廷還是練得滿頭大汗，要一一記熟又使得好並不容易。公孫大娘引領著他練習好一會，才讓他停下來。

「不錯，先這樣，現在再教你『巨鷹擊鵲』。這招式講究直接的攻擊性。」公孫大娘的話讓曄廷更精神一振。

「鷹的視力可望極遠，雙翅強而有力，飛翔速度快，看準獵物後，俯衝下降用尖爪利嘴抓取獵物，甚至在空中跟其他的鳥禽搏鬥，凶猛有力，是鳥中之王。」公孫大娘看著曄廷，「準備好了嗎？」

「好了。」曄廷聚精會神的看著她，等著她示範。

公孫大娘持著劍，手腕一抖，劍尖居然朝著曄廷刺來。曄廷嚇一跳，完全沒有預料到她會攻擊自己，於是本能的往後一退，運起劍氣，擋住公孫大娘的劍。

「好，反應快！」公孫大娘讚許，但是手上的劍馬上又朝著他刺來。

曄廷趕忙出招，化解她的攻擊。公孫大娘愈使愈快，他也被帶動著愈來愈快，但是他暗暗心驚，知道自己完全處於被動，不是束手被刺於劍下，就是被累死。

公孫大娘再出十餘招後，猛然歇手。曄廷終於可以停下來，他收起劍氣不停喘氣。

「你有看我的劍式嗎？」大娘問。

「我……」原來她是在用實戰經驗教他「巨鷹擊鵲」，可惜他忙著防禦，根本沒法仔細去看招式。

「沒關係，這是意料之中，你能在我猛然攻擊下接住招式，就很不簡單了。我剛才也順便看你學得如何，」公孫大娘說，「還有，你記得剛才教的『健牛擋車』嗎？當對方動作快速，你若只是被動的被牽制，到最後會耗盡真氣，虛脫而死。這時候就要以慢制快，像是暴風雨中矗立的牛一樣。我知道距離你能隨心使劍還要一段時間，但是你要記得這段話，不要小看我教你的任何一個招式。」

曄廷虛心點頭。

「我們再對招一次，這次我會放慢速度，你要用心看。」公孫大娘再度舉劍，曄廷有了準備，運氣凝神準備接招。

這回公孫大娘的速度比較慢，曄廷一邊回應一邊把她的攻式都記在心裡，他發現大娘使劍並不拘泥於招式，可能「天鵲高飛」只使前半段，接著又使出「彩蝶撲花」，最後再用「巨鷹擊鵲」的快招。曄廷認真的學，如果他能把這些招式融會貫通，要去救畫仙就更有希望了。

18

曄廷回到自己房間的時候已經很晚了，他累得倒頭就睡，第二天早上差點睡過頭，匆匆忙忙去學校。到了學校，老師在前面上課，他一邊聽課一邊偷偷呼吸運氣，讓眞氣貫通全身，恢復元氣。下課時間，他趴在桌上假寐。還眞的是名符其實的「假」，因爲他不想跟任何人講話，只想繼續練眞氣。

這時候，他聽到有人說：「顧曄廷？他趴著在睡覺。」有人找他？他抬起頭看，儀萱在教室外對他招手。他對她笑笑，走了出去。

「你在睡覺啊？」儀萱不好意思的問。

「沒有眞的在睡。」曄廷趕忙說。

「我昨天傳簡訊給你，你有看到嗎？」

「眞的？我昨天……有點忙，到現在都沒機會看手機，怎麼了？」曄廷問。儀萱從來沒有主動找他，不知道發生什麼事。

「沒事，你不要擔心，」儀萱的話讓他鬆一口氣，「你上次不是說要去北美館看展覽，想問你什麼時候要去？」

「都可以啊！你哪天方便？」曄廷好開心儀萱記得，而且還主動來問他，他儘量保持冷靜，沒有當場跳起來，不過他知道自己臉上的笑意一定藏不住。

「這週末校慶，星期一學校補假，我們一起去？」

「好！」

他們約好在學校門口碰面，再一起坐捷運過去。

到了美術館，四周都沒有人，他們正慶幸其他人要上班上課，他們可以自在的逛，不用人擠人，但一走到售票口才發現，原來星期一休館。

「啊，對不起，邀你來北美館，我卻沒先弄清楚開放時間……」曄廷懊惱的猛嘆氣。這幾天忙著練眞氣、練劍法，又擔心畫仙的安危，結果連美術館休館時間也沒先查好。

「沒關係啦，不然我們再想想看可以去哪？」儀萱態度輕鬆，並不在意。這也安撫曄廷的焦躁，的確，與其在這裡氣自己，還不如趕快想下一個計畫。

「對了，故宮最近有個展覽，叫『古代生活小品』，從古畫中觀察古人的生活型態，從北美館去故宮也方便，要不然我們去看那個展覽？」曄廷問。

「好啊！聽起來不錯。」儀萱想起之前進出詩境、詞境，看過當時古人的生活，現在詞境恢復平靜，來看看當時畫家畫的古人生活也一定很有意思。

他們一起來到故宮，買了票，依據地圖的指示，來到「古代生活小品」的展覽間。

這個展覽的空間不小，牆上掛滿了畫，這些不是壯闊磅礴山水畫，都是一些描述日常生活的畫作。曄廷看到第一幅畫忍不住露出微笑，那是南宋畫家李嵩的《市擔嬰戲》，他去過這幅畫。

從畫境回來後他並沒有再去找這幅畫來看，當時他專注在找武器上面，後來又在《延陵掛劍圖》裡找到季札的劍。這是曄廷第一次看這幅畫，而且還是原作，想不到自己可以這麼貼近。上面的筆觸、線條，一一呈現在眼前，連絹布的紋路都清晰可見。想到自己曾實際進入畫中跟裡面的人物對話互動，親手碰觸那些器物，感覺真是不可思議。

「這個人擔了好多東西啊！」儀萱也過來看，「以前人好厲害，可以扛著這麼多小東西叫賣，不會掉下來。」

「這就像古代的便利商店，吃的用的，鋤頭藥膏，什麼都有。」曄廷指著畫上的物品。

「這些小孩好可愛，畫得好生動。你看，每個小孩的表情都不一樣。這個小孩還忙著吃包子呢！」儀萱看得很仔細。

「是啊，那包子是他媽媽做的，可好吃了。」曄廷想著那天進入畫境的情景，忍不住忘情的說，直到看見儀萱看他的表情怪怪的，才發現自己說溜嘴。

「哈哈，開玩笑的啦，講得好像我進去畫裡面過。」曄廷乾笑兩聲。不過看儀萱的表情若有所思，倒是沒有要嘲笑他的樣子。

他們繼續看下去。前方又是兩、三張送貨郎的畫作，然後是農家生活的情景，曄廷看到其中一幅畫，上面的兩隻牛吸引他的注意，這是宋朝李迪的《風雨歸牧圖》，他心裡盤算公孫大娘新教的「健牛擋車」，或許可以從這幅畫裡的牛隻動作得到靈感。

他一邊想著，一邊自然的運起真氣，忽然，二度空間平面的牛隻，在眼前動了起來，整個畫面變成三度空間。他驚訝的眨眨眼，沒錯，他很熟悉這種感覺，是進入畫境才會有的感覺！

他看看四周，還是在故宮的展場裡，每個人還是一樣，表情認眞，安安靜靜的看著牆上的畫，只有自己有這樣的能力，可以看進畫裡的空間。不知道可不可以也走進去？他忍不住往前跨，可是畫境明明近在眼前，卻感到有種屏障，走不進去。有點像在海生館看到巨大的水族箱，明明海底世界那麼靠近，卻有片厚厚的玻璃隔在中間。

之前都要先經過書中的《搗練圖》才能去別的畫，現在雖然不能進去，但是可以看進畫境，還是讓曄廷覺得很驚奇。到底爲什麼？因爲這些是原作的關係嗎？

爲了證明這點，他走回剛才看到的《市擔嬰戲圖》，全心運氣，果然，畫作在眼前活起來，他看到孩子們開心的跑來跑去，還可以聽到進叔的吆喝聲。

看來，他眞的可以從原畫看進畫裡的世界。

他又不禁想到，爲什麼他不需要去波士頓看《搗練圖》原畫就可以進去，只要看書上的畫就可以了？他猜想，《搗練圖》的原畫者是他的先人，他血液中傳承著隱靈的法力，所以跟《搗練圖》的連結強過跟其他的畫作。

「你怎麼回頭了，害我找不到你，」儀萱的話把他拉回現實，「你在想什麼？」

儀萱看他神情有異，直覺發生了什麼事，但是她看看四周，沒什麼奇怪的地方。

「沒事。」

「喔，那就好。你來看這些牛，畫得好傳神啊！」儀萱拉著他往前走，曄廷以為是剛剛看的《風雨歸牧圖》，不過不是，他們停在另一幅畫前。

那是唐朝韓滉的畫作《五牛圖》。曄廷看一下資料，這幅畫是從北京故宮借展來的鎮國之寶，是現存最早的紙本畫。眞的如儀萱所說，這五頭牛畫得相當細膩，眼神、皺紋、毛皮，一一仔細的描繪。牠們的姿勢各異，有的站，有的走，有的低頭，有的昂首，畫家把牛強而有力的動態畫得非常生動有趣。

曄廷心念一動，就是這幅畫！這些牛畫得非常健壯，用來觀察練習「健牛擋車」的招式一定很棒！他心裡盤算著，就算現在不能進入畫，但站在原畫前一樣可以觀察牛隻們行走、轉身、矗立等肌肉的變化。

他忍不住運起眞氣，眼前的畫面跟著動了起來，右手邊淺棕色的牛摩蹭著矮樹叢，白底黑紋的正用力的擺頭甩尾，中間那隻面朝著他，彷彿隨時要從畫裡衝出來，大黃牛回頭吐舌，矗立在前，最左邊深棕色的斜眼看著他，一副蓄勢待發的模樣。

他正細細研究這些牛的姿態，聽到儀萱低呼：「怎麼會這樣？」

「怎麼了？」他轉頭看她，儀萱的表情怪異。

「你有看到嗎？這些牛動了起來！」儀萱聲音帶著興奮的語氣。

「你也可以看到？」曄廷驚訝的瞪大眼睛。

「所以，你也有看到。」儀萱看著他，曄廷這時注意到儀萱還拉著他的手，接著儀萱回頭看著畫，「這畫看起來會動，而且，感覺只要往前一步就可以走進去。」

曄廷看儀萱兩眼發光，一副躍躍欲試的樣子。「不行，不能從這裡進去。」

「你進去過畫裡，對嗎？」儀萱直接的問。

他曾經答應過畫仙不告訴任何人畫境的事，尤其他拿了季札的劍，更覺得要守住承諾。所以好幾次想跟儀萱說，都忍了下來。

不過這次是儀萱自己猜出來的，她也親眼看到畫境開啓的樣子，並不是自己主動告訴她。而且她身上也帶著眞氣，可能是畫仙某個弟子的後代，如果她能夠幫忙，說不定更有機會救出畫仙。

「是的，我可以進出畫境。」曄廷頓了一下，儀萱的表情自然，並沒有受到驚嚇或把他當神經病的樣子，曄廷略微鬆一口氣，「我們到一旁說。」

他們找了一處安靜的角落坐下來，曄廷把他在畫境裡大致的經歷告訴儀萱。

儀萱聽完後表情略微嚴肅，她偏著頭，似乎在考慮什麼。

「你在想什麼？」曄廷問。

「我在想，爲什麼我們會遇到這些事。」儀萱說。

「我們？」

「嗯，你可以進入畫境，我也要告訴你，我曾經進入詞境。宋詞的意境裡面。」儀萱繼續說，「你認識我們班的柳宗元吧？他進入過詩境，唐詩的意境。」

「眞的？」曄廷睜大眼睛，「上次校長昏倒的事，是不是跟你有關？」

「是的。你說畫裡面有畫仙有畫鬼，詞境裡則是有正氣靈跟陰氣靈，校長昏倒是陰氣靈搞的鬼，事情是這樣的……」

儀萱把跟陰氣靈交手的經過告訴曄廷。

曄廷本來以爲自己可以進入畫境，遇到畫仙，還可以修習法力，這經驗一定讓儀萱驚訝萬分，可能要花費好一番功夫解釋才能讓她接受，沒想到儀萱的話更是讓他驚訝，原來她跟柳宗元都已經去過詞境和詩境了。

「我之前都是從畫冊上的《搗練圖》進入畫中，現在才知道我可以從原畫看到眞實的畫境。你是剛剛發現畫會動的嗎？」曄廷問。

「是啊，就是我們一起去看《五牛圖》時。」儀萱說。

曄廷看著儀萱，看著展覽室的畫作，想了想說：「我們隨便找一幅畫，你看看能不能讓畫動起來？」

儀萱依言照做，她認眞的盯著《秋庭戲嬰圖》，像之前有法力時那樣呼吸運氣，可是不管她怎麼努力，都不能像剛才那樣可以看到圖像在動。她失望的搖搖頭。

「那現在呢？」曄廷走過去，左手牽起她的右手，施法運氣。

「看到了！」儀萱看到畫中的小女孩和小男孩認眞的玩著圓凳上的玩具，笑語晏晏，她忍不住驚呼，「剛剛我拉著你的手，要你過來看畫，我感覺到你有一股氣傳來，正想要問你，然後我就看到那五隻牛在動了。」

「所以，我的法力讓你也可以看到畫境！」曄廷非常的開心。

「你剛才說，你第一次進去畫境是透過一本書，可是那不是原畫，是印刷的，爲什麼？」儀萱問。

「我也在想爲什麼。可能因爲那是我祖先的畫，雖然是宋徽宗臨摹的，但是那幅畫是張萱用法力畫成的，裡面還有畫仙的法力，而我的身體裡面有他們傳下來的隱靈，所以才可以從書上的畫進入畫境。」

儀萱點點頭。「我覺得很有道理。而且你現在在練眞氣，應該也是從那之後才有能力啓動畫境。」

曄廷認同儀萱說的，不然之前他在爸爸的畫廊裡也看過其他畫家的水墨畫，從來沒有這樣的感覺。

「你剛剛說，畫仙當時有五名弟子，你是其中一名的後代，那你知道其他人的後代是誰嗎？」儀萱好奇的問。

「我本來在猜你跟柳宗元都是。聽了你跟他的遭遇後，更覺得是如此。」

儀萱沒說什麼，不過眼睛裡閃著光芒。這幾天她在想，爲什麼她跟宗元可以進到詩詞的意境裡？其他人是不是也可以進去？現在聽曄廷說他可以進入畫境，以及畫仙在秦朝時控制住闇石的力量，畫仙收的五名弟子，還有這些弟子後代身體裡的隱靈，現在她知道，她、宗元、曄廷都是畫仙弟子的後代。

「闇石的力量還沒出現，我們身體的隱靈還沒被啓動，但是因爲某些原因，有部分的力量被啓動了，所以我們才會有這些經歷。」儀萱說。

「畫鬼如今變得更猖狂，還有你說詞境的陰氣靈、詩境的龍兮行，這些力量變強一定有原因。只是我不知道怎麼去找出原因。」曄廷說。

「畫仙也說不出原因嗎？」儀萱問。

「她一直被困在畫裡，知道的也有限，我在猜，會不會跟子淯有關。」曄廷把子淯跟徐靜的事告訴儀萱。

儀萱聽完後皺著眉頭。「你覺得子淯沒有死？」

「你也這麼覺得？」曄廷眼睛一亮，「畫仙說，張萱告訴她子淯死了，可是我老是覺得事情沒那麼簡單。他跟畫仙一樣，從闇石那得到某些力量，所以才能從秦朝活到唐朝，很有可能他也跟畫仙一樣，活到現在。」

「可是，張萱說他死了，所以子淯是假死？」

「我只是猜測，我老是覺得，這子淯不會這麼簡單就死掉了。」曄廷說。

「我想，如果他還活著，一定還是不死心想去找闇石的力量，但是，為什麼他從唐朝等到現在才行動？」

曄廷抓抓頭。「對喔，你說的有理，我也不知道要怎麼解釋。或許不是他。」

「不管怎樣，我們要先救畫仙。」儀萱說。

曄廷聽到儀萱說「我們」，心裡非常高興。「你願意幫我？」

「當然願意啊，那你會帶我進畫裡嗎？」儀萱一臉期待的問。

「當然！我們要一起去畫境救畫仙！」曄廷肯定的說。

儀萱看著曄廷漾起微笑，回想當初千拜託萬拜託要宗元帶她去詩境他都不肯，曄廷爽快的答應讓她很開心。

「那你知道她被帶進哪幅畫裡嗎？」儀萱問。

「知道，是《骷髏幻戲圖》。」曄廷回答。他想到之前找資料時，網路上說這幅畫正好出借給臺北故宮展覽，「走，我們看看這次有沒有展出。」

曄廷拉起儀萱，自然的握著她的手繼續往展覽方向走，果然李嵩的《骷髏幻戲圖》也掛在牆上。

「這幅畫好特別，一般看到的古畫都是山水、花鳥，或是人物，我從沒看過像這樣把骷髏畫出來的樣子，而且還有兩具骷髏，看起來好詭異喔！」儀萱看著圖畫，一臉不相信的樣子。

「我也覺得這幅畫很特別，很少看到古畫是畫這樣的題材。要不是在畫裡遇到骷髏襲擊我們，還把畫仙帶走，我也不知道有這幅畫。」曄廷低聲說。

看來不僅他們有這種感覺，這幅畫前面聚集著不少人，大家都對骷髏畫嘖嘖稱奇。

「你有進去過這幅畫嗎？」儀萱問。

「有，我還跟裡面的畫鬼打起來，可是我沒看到畫仙。」曄廷看著儀萱，可以猜到她在想什麼，「我們現在不能進去畫裡，但是看一下應該沒關係。」

儀萱覺得自己和曄廷之間似乎有種默契，她還沒眞正說出口，曄廷就知道她的想法。

曄廷握著她手，施法運氣，同時也把能力傳給儀萱。

「哇！」儀萱一聲低呼。

曄廷看儀萱的反應，他知道儀萱和他一樣，都看到畫中景象動了起來。

這幅畫的左方，一個女子手抱嬰兒，嬰兒盡情吸吮著母奶，女子一邊餵奶，一邊看著畫的右方，她身旁的大骷髏正操縱著手中另一個小骷髏傀儡。再過去有一對母子，小孩在地上爬著，伸著手，很有興趣的朝著傀儡戲偶爬去，他身後的婦人則緊緊的跟著他。

「我沒有看到其他人。」儀萱低聲說。

曄廷點點頭，他也仔細的四處尋找，沒有看到什麼不尋常的畫面。

就在這時候，大骷髏忽然轉過頭，黑色空洞的眼眶望向他們。

「他……也看得到我們嗎？」儀萱的口氣顫抖。

「我也不知道……」曄廷的話還沒說完，大骷髏伸出左手，朝著儀萱抓來。曄廷大驚，把儀萱拉向身後，同時伸手把骷髏打回去，趁大骷髏來得及反應之前，趕快收回法力，關起兩個世界的通道，畫作也回復原樣。

「你還好嗎？」曄廷關心的問。

「沒事，他沒碰到我，只是嚇了一跳。」儀萱說，「你要小心使用法力，不要讓裡面的畫鬼來到這個世界。」

曄廷也心有餘悸。「我們不能從原畫進去，但是畫鬼如果有能力出來那就不妙了。」

「是啊，你現在有能力穿梭在畫作跟眞實世界，等於打開這兩個世界的通道，眞的要小心。」

曄廷同意的點點頭。「畫仙看來不在那幅畫裡，可能被藏起來了。你要不要來我家，我們一起商量看看怎麼辦？」

「好！」儀萱說。

19

「這幅就是《搗練圖》。」回到家中，曄廷拿出房間裡的畫冊指給儀萱看，「我每次都先進去這幅畫才能去別的畫，而且要去下一幅畫之前都必須回到這裡。」

「會不會是你的五行之氣還沒練完全的關係？」儀萱問。

「有可能。金、木、水、火、土，我現在拿到土氣、金氣跟水氣，還差木、火兩個氣。」曄廷說，「而且我還要加緊練完公孫大娘教的劍法，好對抗畫鬼。」

他也打開《公孫大娘舞劍圖》給儀萱看，並仔細告訴她他練劍法的方式。

「今天在故宮看到的《五牛圖》可以用來練『健牛擋車』，剩下『飛馬奔逸』跟『巨鷹擊鵲』兩個招式。」

「所以要找有馬和鷹，還有樹林的畫，我陪你一起找？」儀萱抬頭看他。

「好！」曄廷看著她，「謝謝你！」

「你不要嫌我沒法力，礙手礙腳就好。」儀萱笑笑。

「哪會。你進出詞境，打贏了陰氣靈，經驗比我多！有你幫忙，比我一個人瞎找好多了！」之前畫仙陪著他練法力，畫仙被抓走後，他獨自摸索了好一陣子，現在有儀萱幫他，他覺得充滿信心。

他們兩個人各據房間一角，輪流翻著畫冊，輪流使用電腦，認真的看著古畫。

「你看，我找到這個唐朝的《百馬圖》！」曄廷指著電腦，儀萱湊上去看。

「好多馬啊！」

「網站說裡面有九十五隻。」

「數量很多，不過，牠們大部分都被綁在柱子上，或是有人牽著，感覺沒有很『飛馬奔逸』耶。」儀萱直接說出她的想法。

「你說的有理，我再找找看。」曄廷同意儀萱的看法。他們一起看著電腦螢幕，篩選搜尋出來的照片。

「徐悲鴻的《奔馬》呢？」儀萱指著幾張照片。

「牠們看起來的確奔放，又有動態，可是不知道為什麼，我對古畫比較有興趣。」曄廷指著照片說，「像韓幹畫的馬也非常有名，不過我就是沒有感覺，好像還差點什麼。」

「嗯，你一定要找到感覺對的圖，這樣練起來才有效果。」儀萱說。曄廷和她提過挑選武器的經過，她覺得曄廷不是難相處的人，卻有自己的堅持，就像有的藝術家心細敏感又帶點挑剔。

「這匹馬跳起來的樣子還滿有意思的，你要不要看一下？」儀萱打開一個網頁。

「我看看。」曄廷看著上面的資料，那是金朝人趙霖的畫《六駿圖》。

「上面說，他是依據唐太宗昭陵前的石雕畫的，我先來查一下那一些石雕。」曄廷對這些馬似乎很感興趣，認真的找了幾個網頁，「原來這些馬在歷史上是真實存在的耶！」曄廷語氣興奮，「這六匹馬是唐太宗開國時期，幫他立下戰功的馬。而且每匹馬都有名字，拳毛騧、什伐赤、白蹄烏、特勒驃、青騅、颯露紫。唐太宗感念這六匹戰馬的功勞，讓工藝家和畫家把這些馬的英姿做成浮雕，立在陵墓北方。」

「我喜歡這些名字！」儀萱露出嚮往的表情，「真想去看看唐太宗的陵墓。我一直很喜歡唐太宗，覺得他是個很有才能的皇帝，把唐朝治理成一個富庶強大的國家，很不簡單。要是能親眼看到那個時候留下來的戰馬一定很特別。」

「這些浮雕已經不在昭陵墓前了。」曄廷從網站找出這些浮雕的照片，「拳毛騧跟颯露紫在一九一八年被盜，現在在賓州大學的博物館內。另外四個浮雕在西安的碑林博物館。這些浮雕有兩百公分高，一百七十公分寬，厚三十公分。你要看的話，得要去西安或是美國。」

儀萱想像一下那個尺寸。「那很大耶！」

「是啊，盜墓的人運送不易，就把它們打碎，所以現在看到的都是有裂痕的。」曄廷口氣滿是遺憾，儀萱看著照片，也覺得非常可惜。

「趙霖畫的《六駿圖》就是參考這些浮雕的嗎？」儀萱興奮的問。

「是啊，他利用繪畫的特點，把這六匹馬的神態發揮得淋漓盡致，不管是奔跑，站立，還是徐步而行，都非常的傳神。」

「我也喜歡他的用色，感覺比較活潑、有精神，跟石雕堅硬的感覺完全不同。」

曄廷把頁面點回趙霖的《六駿圖》，著迷的看著那些戰馬。「嗯，趙霖的筆法細膩，把戰馬的毛髮、肌肉，甚至馬身上受的箭都仔細的表現出來，真的畫得很棒！」

「所以你會用這幅畫來練『飛馬奔逸』？」儀萱興奮的問。

曄廷點點頭。「這幅不錯！對了，你有找到樹林的畫嗎？」

「宋朝山水畫很多，裡面的樹木也很多，不過我想幫你找一幅比較特別的。我先幫你挑幾幅起來，你等下再自己選。」儀萱翻開畫冊其中一頁，「我還看到這個，不知道有沒有用。你說公孫大娘教你『巨鷹擊鵲』，這幅是《鷹擊天鵝圖》。」

曄廷接過畫冊，忍不住被生動的畫面吸引。那是明朝殷偕的畫作，現在是由南京博物館收藏。畫裡一隻鷹振著翅膀，雙爪抓著天鵝的頭，利嘴對著他攻擊。天鵝頭下尾上，在空中失去平衡，直落而下。

「這幅可以！太謝謝你了，就知道你能幫我！」曄廷興奮的說，「『巨鷹擊鵲』主要講究的是攻擊性，這幅畫攻擊的雖然是天鵝，但是天鵝比鵲還要巨大，畫中那隻鷹的攻擊力一定更強大，我要去看看。」

「現在嗎？」

「是啊，我新學的三個招式，『健牛擋車』，『飛馬奔逸』，『巨鷹擊鵲』，都找到適合的圖，我們趕快去。」

「你真的要帶我去？」儀萱期待的瞪大眼睛。

「對，不過我們要先去《搗練圖》。」

「我知道。」儀萱猛點頭。不管是什麼圖她都沒去過，都很想去。她又想到一點，「那我是不是就會出現在原來的畫裡？怎麼辦？」

「不用擔心，畫仙有教過我，我帶你進去後，會用土氣消去我們入畫的痕跡。」曄廷說。他忍不住佩服儀萱的聰明機靈，還沒進入畫就想得那麼周到，當時他是在進了幾幅畫以後才想到這件事。

「那就好。」儀萱放心的點點頭。畫境跟詩詞不一樣，是有具體的畫作存在於世的。如果她的形體出現在波士頓博物館的古畫裡，一定會天下大亂的。

「我們找了三幅畫，要先去哪一幅？」儀萱又問。

「嗯……」曄廷仔細想了想，「先去《五牛圖》好了，在故宮的時候我已經看了一些，所以應該不用花太多的時間，然後去《鷹擊天鵝圖》，最後再去《六駿圖》。」

「好。」

「手給我，我們一起進去。」曄廷把畫冊翻到《搗練圖》，「你全心看著這幅畫，把整個圖像印在心裡。」

儀萱點點頭，專心的看著《搗練圖》。曄廷伸出手，儀萱也伸出手，握住他。

她感到一股內力傳來，然後發現自己出現在一個古代的庭園中，就和剛才那幅畫一樣，她的眼前有十二位女子或坐或站，忙著在搗練絹布。

這些人看到他們出現，放下手裡的工作，好奇的圍了過來。

「她是誰啊？」紅珊問曄廷，眼睛上上下下不客氣的打量儀萱。儀萱也好奇的看著她們。這些女子跟畫裡的穿著打扮，年紀身材，都一模一樣，想到自己在畫裡，就忍不住感到新奇。

「她叫儀萱，是我的同學，她是來幫我找畫仙的。」曄廷說。

一群女子開始竊竊私語，有人認為多個人幫忙是好事，也有人質疑儀萱的能力，怕她帶來更多的麻煩。

「各位請放心，儀萱比我有經驗，她已經幫我找到增強劍術的方法，我們一定會把畫仙帶回來！」曄廷誠懇的說。大家一聽紛紛安靜下來。

「我們相信你，你就去做你該做的事吧！」白盈對他們點點頭。

「謝謝你們。」曄廷轉頭對儀萱說，「走，我們先去看牛。」

他握住儀萱的手，運氣施法，兩個人來到《五牛圖》。

之前在故宮，兩人都看過牛隻在畫裡動起來的樣子，這時身處畫中，牛隻的動作更是清晰分明。

「這些牛好大喔，每一隻都很健壯的樣子。」儀萱仔細的看著這些牛。

「對啊，『健牛擋車』就是要這樣的氣勢。」

「你要怎麼練？你的劍氣呢？」儀萱問。

「好，你看。」曄廷呼吸運氣到掌心，季札華麗尊貴的劍出現在手上。

「哇！」儀萱忍不住低呼，「你快去練，我在旁邊看。」

曄廷點點頭，全神貫注看著牛隻們的行動。

最右邊的牛磨蹭著矮樹叢，一臉舒適享受的樣子，配上牠頭上彎彎的角，儀萱覺得牠最可愛，很想過去摸摸牠，可是又不敢，怕牠牛性發作。

「我喜歡那隻黑白的，牠身上的斑紋很特別。」曄廷說。他仔細觀察牠昂首行走，擺動牛尾的姿態，還有身上肌肉的變化，一邊印證「健牛擋車」緩慢拖曳卻又富含勁力的劍法。

他又去觀察其他牛隻的動作，正中間那隻棕牛停頓佇立，眼神和氣勢雖不凶猛，但很威武，曄廷把那樣的感覺記在心裡。

左邊兩隻黃牛，一隻牛角上彎，一隻牛角下彎；一隻頭上套著牛具，另一隻擺頭吐舌，兩隻往同個方向前進，曄廷仔細的觀察，手上也運氣使劍，從中悟出不少訣竅。

這套劍法並不花俏，招式也不繁雜，著重在慢跟穩。曄廷知道這需要花時間持續的練習，所以沒有久待。

「可以了。」曄廷點點頭。

他們先回到《搗練圖》後，繼續下一幅畫《鷹擊天鵝圖》。

他們來到一個湖邊，湖水清澈，岸邊蘆葦搖曳，這時，天邊傳來急促嘯聲，伴隨尖銳的聒叫聲，一個巨大的陰影出現在他們的頭上。

他們仰頭看，一隻大天鵝在空中飛翔，一隻雄鷹急衝而來，天鵝想要躲閃，急速轉身，可是老鷹速度更快，直接對著天鵝脖子啄去，誰知天鵝也不是好惹的，牠寬長的翅膀用力一掃，便把老鷹彈開。

雄鷹體型雖然比較小，可是肌肉結實健壯，並沒有被打落，牠在空中一翻轉，馬上又緊跟上去。天鵝用力拍動翅膀想擺脫牠，但是老鷹輕鬆飛近，幾乎貼著天鵝的身側飛，這次牠不急著攻擊，牠知道自己的對手體型大又年輕體健，不能只用蠻力，要找對機會快速攻擊。雄鷹不斷的騷擾天鵝，令天鵝心生恐懼，伸長脖子向老鷹啄去，希望可以嚇走牠，這時老鷹知道機會來了，牠閃過天鵝的攻勢，直接跳上天鵝的頭頂，爪子扣住頭皮，用力往下壓，天鵝頓時失去平衡，頭下腳上的墜往湖面。

老鷹猛啄牠的頭，天鵝雖然遭受攻擊，卻沒有放棄掙扎，兩隻鳥禽在空中翻滾。

曄廷看著老鷹的動作，看牠如何在對手出擊時保護自己，同時又反過來攻擊對方；看牠如何保持體力，找最佳時機出手，而不是只一味的猛攻。對照公孫大娘教的「巨鷹擊鵠」的劍法，他覺得領悟很多，非常充實。

曄廷滿意的回頭看儀萱，只見儀萱微微蹙眉，面露不忍之色，曄廷知道她同情天鵝，對她說道：「我們走吧，我練得差不多了。」

儀萱呼出一口氣，點點頭。

他們再次回到《搗練圖》，曄廷花了一些時間把剛才在畫作中觀察到的技巧，和自己新學到的劍式融合演練，儀萱則是四處走動，看女子們拿著木杵搗練、熨布、縫製，覺得非常新鮮有趣。大家看儀萱來了之後，曄廷的劍招變得更精進，對她也和顏悅色起來，興奮的問她各種問題，跟她聊天，十幾個女生聊起天來好不熱鬧。

「我練得差不多了，」曄廷擦著滿頭大汗說，「我們去《六駿圖》。」

「好，」儀萱轉頭對著小桃說，「等我回來再跟你玩。」

曄廷握著儀萱的手，對她微微點頭，運氣施法，來到《六駿圖》。

兩人出現在颯露紫的身邊，牠的前面有一名男子。曄廷知道那是丘行恭，他精於騎射，勇敢善戰，在唐太宗李世民即位前曾隨他四處征討，立下非常多的戰功，被封為驃騎大將軍。在和隋將王世充的對戰中，李世民跟部下分散，只剩丘行恭跟隨在旁，這時，李世民的坐騎颯露紫中箭，丘行恭把自己的坐騎跟李世民交換，並為颯露紫拔箭，之後奮勇擊退敵方追兵，確保李世民平安突圍。

唐太宗即位後，感念他英勇護駕的功勞，便在昭陵前刻立一座他替颯露紫拔箭的石像，這也是《六駿圖》中唯一出現的人物，可見唐太宗對他的重視。

「兩位是哪來的？」丘行恭看到他們出現，非常驚訝，也迅速的警戒起來，果然是有經驗的戰將。

「我叫曄廷，她是儀萱，我們是畫仙的朋友。」曄廷趕緊說，一聽到他們是畫仙的朋友，丘行恭臉色和緩下來。

「畫仙遇到麻煩，我們要去救她！」曄廷大致把她被畫鬼抓走的事情講給他聽。

「原來如此，難怪都沒看她出現，而且畫鬼也愈來愈嚴重了。」他正說著，馬匹們忽然對空嘶鳴，昭陵六駿中，除了颯露紫，另外還有三匹馬身上有箭，這時候好像有股隱形的力量把這些箭從馬匹身上一一拔出，然後便對著曄廷他們急射而來。

「啊！」儀萱一聲驚呼。

曄廷反應快，左手把儀萱拉到身後，右手運氣，用劍氣抵擋箭矢。丘行恭也站在儀萱身前，拔出佩劍，對著來箭砍去。

曄廷為了維護儀萱，身形不動，等箭矢靠近才迎劍刺出。這時「健牛擋車」的心法更是得到印證，敵動我靜，以慢制快，後發而先至。

曄廷也注意到一旁的丘行恭，一個唐朝身經百戰的大將軍，果然劍法高超，可以一斬數箭，乾淨俐落。兩人聯手，終於把箭都打落。

「原來這些是畫鬼！」儀萱呼出一口氣，雖然聽曄廷提過，但是第一次見到畫中的物品攻擊人，還是很吃驚。

「兩位打算如何救人？」丘行恭問。

「我知道畫仙被誰帶走。我曾進去那幅畫，可是技不如人，所以我必須勤練公孫大娘的劍法，將軍知道公孫大娘嗎？」曄廷問。

丘行恭認眞思索一下，搖搖頭。

「公孫大娘也是唐朝人，不過她是唐玄宗年代的人，唐太宗之後一百多年的人。」儀萱補充說。

「我來到這幅畫，就是想參考唐太宗的戰馬，來練公孫大娘的『飛馬奔逸』的招式。」曄廷接著說。

「的確，這些戰馬各有名號，驍勇善戰，這匹叫颯露紫，就是突厥語勇健紫馬的意思。」丘行恭把馬腳上的箭拔出，替牠上藥，他們可以看到馬腿因爲疼痛稍微抖了一下，但是依然挺直昂立，沒有驚慌退縮，果然是高等品種的良馬。

「這匹是東突厥王贈送的拳馬，高大勇敢，聰靈忠心，主公非常喜歡。」丘行恭一一幫他們介紹，「這匹叫拳毛騧，牠全身毛色金黃，只有嘴邊帶黑，是大將許洛仁從西突厥馬市中找到的，後來獻給主公，主公後來騎著牠平定劉黑闥等人。是匹快速猛勁，勇敢強健的馬。」

儀萱用力點頭，拳毛騧身上插著九把箭，可是還是精神奕奕的行走，看了讓人不忍又欽佩。

「這匹白蹄烏是主公在淺水原之戰時所騎的馬，當時跟薛仁杲對峙二餘月，靠的是堅毅不屈的精神跟猛力快攻的戰術。這匹馬擁有此特質，所以能幫主公得勝。」

曄廷看牠全身漆黑，只有四隻馬蹄是白的，非常漂亮；牠舉蹄而奔時，更是肌肉精實，速度飛快。

「這匹特勒驃也是突厥獻馬，特勒本身就是突厥高官名稱，主公喜歡用突厥官階來給馬命名，用來彰顯自己的戰功。那年冬天，主公踏冰渡河，和宋金剛對峙，就是騎特勒驃大勝於柏壁之戰。」

特勒驃背上的鬃毛全白，身上的毛色淺黃帶白，雖是踏步行走，但是可以清楚看到身上每塊肌肉結實突出的樣子。

「虎牢之戰是我唐建國大業中極爲重要的一戰，奠定了大唐的基礎，主公在此戰中平定竇建德，當時他騎的就是這匹青騅。」丘行恭指著眼前這匹馬。牠前腿中一箭，後臀中四箭，可想見牠出入敵陣的英勇，牠雖然中箭，但是奔跑起來還是身輕足飛，快速非凡。

「什伐赤也是虎牢之戰中的戰馬，主公騎著牠深入敵營，大破敵軍。牠皮厚肉壯，勇敢無敵，雖然也是身受數箭，但是仍然健步如飛，不畏艱苦。」

「這些馬眞是太強了！唐朝大業等於也是牠們建立起來的。」儀萱欽佩的說。她看著這些馬匹，心裡也興起對牠們的尊重。

「所以我才想觀察這些馬匹來練劍氣，好去救畫仙。」曄廷說。

「我只懂行軍打仗，不懂如何去其他的畫，有你，畫仙一定會平安歸來。你好好練，我會待在旁邊，保證你不會受到一點箭傷，就像當年保護主公那樣保護你。」丘行恭豪氣萬千的說。

「謝謝將軍！」曄廷非常感激，想到自己接受像唐太宗那樣帝王般待遇，不免感到受寵若驚，也覺得責任重大。

「請！」丘行恭恭敬的說。

曄廷也謙虛的行禮，然後再度運起劍氣，開始觀察馬匹。

相較於鳥鵲蝴蝶的輕盈，馬匹顯得高大壯碩，但是牠們有健壯的肌肉，強而勇猛的四蹄，讓牠們得以高速奔馳，日行千里。印證在「飛馬奔逸」的劍術上，讓劍法更加靈活有力。

曄廷全神貫注，公孫大娘教授的劍法愈來愈融入他的心裡。之前熟記招式，硬是照著招式比劃，但幾次進出畫境練習後，他漸漸覺得這些招式變成他的一部分，可以隨著意念使劍了。

儀萱看他專心練劍，不敢打擾，四處走走看看後就去跟丘行恭聊天。她一向欽佩唐太宗的文功武略，可以跟他親信的大將軍聊天，讓儀萱非常的開心。

這次曄廷在《六駿圖》練得比較久，他前前後後把公孫大娘教的五個劍式重新練了一遍，有快有慢，有進有退，有攻擊有防守，直到這些招式都熟記於心，演練純熟。

「差不多了。」曄廷長長噓一口氣，「我們可以回去了。」

20

回到曄廷的房間，兩人覺得有點累，可是情緒都很振奮。

「我第一次覺得這些招式是自己的一部分，不只是強記比劃順序。」曄廷開心的說。

「所以你準備好去《骷髏幻戲圖》救畫仙了嗎？」儀萱問。

「嗯……」曄廷微微皺眉，「外功要強，內力也要強才行，我也不確定這樣夠不夠。」

「我想，畫仙要你練五行之氣，不是只是爲了練金氣中的劍氣，而是要你把五行循環運行的力量都練全。當時我在詞境中也是這樣，要把代表五行的靈物都找出來，才能恢復正氣靈的法力。」

「我已經有土氣、金氣，跟水氣，剩下木氣跟火氣。」曄廷把拿到土氣的《層巖叢樹圖》，金氣的《延陵掛劍圖》，水氣的《寒江釣艇圖》打開給儀萱看。

「畫仙說過，土氣是基本的能量，有屏障保護的作用。金氣讓我有武器，水氣讓我可以進出畫境，不知道另外兩種氣有什麼特別功用？」

「畫仙沒說嗎？」儀萱問。

「沒有。」

儀萱歪著頭，想了想。「五行講的是循環，環環相扣，相生相剋，不是五個分開的元素，不能單有其中一樣而不跟其他的相連結。你想要有完整的法力，一定要把另外兩個五行氣也練成。你現在可以進出畫境，可是卻有限制，一定要從《搗練圖》進出，說不定，練好木氣跟火氣會有不一樣的結果。」

「很有可能，畫仙說，水墨畫用水作媒介，所以練成水氣後可以讓我進出畫境。作畫的紙跟絹都是用林木、植物製成的，所以練成木氣後，一定也會幫我更容易在畫境中行走。」曄廷說，「你不是說找了一些有樹木的畫嗎？」

「是啊，快來看看！」儀萱把幾本畫冊拿出來，曄廷後來又去勇伯的書店買了好幾本古畫的畫冊，儀萱把每一頁都翻過，還用便利貼做記號。

曄廷看到滿滿不同顏色的便利貼都傻眼了。「爲什麼有的畫只有一張便利貼，有的有好幾張？」曄廷問。

「我用不同的顏色來分類，粉紅色的是春天的樹景，綠色的是夏天，黃色的是秋天，白色的是冬天，這樣才好辨認。然後藍色的是磅礡壯闊的山水畫，森林遍布的那種；紫色的是近景，樹木數量不多，但是看起來比較高大。咖啡色是有人物在裡面的；紅色的是畫裡有水的，五行中水生木，所以我覺得要找有水的應該比較有能量。看你的重點是什麼？這樣就可以很快找到。」儀萱一一介紹，很得意自己的分類方式。

「其實，我剛剛在想，就去《寒江釣艇圖》就好，那裡水氣能量強，樹木也長得高大強壯，在那裡練木氣應該很合適，畫仙也沒有說一定要在不同的畫找不同的五行之氣。」曄廷不太好意思的說，他看儀萱失望的表情，又補充：「畫仙在《寒江釣艇圖》被骷髏抓去，卻沒在《骷髏幻戲圖》看到她，我在想，她會不會被藏在《寒江釣艇圖》，我想再去看看。」

「這樣啊，好吧，你要現在去嗎？」儀萱雖然有點失望她找的畫沒幫上曄廷的忙，不過曄廷說的也有道理，她馬上又回復期待的神情，「我跟你去！」

「好。」曄廷點點頭，不過他想了想又皺眉，「你會游泳嗎？」

「不會耶……」

「嗯，我要下潭水去找，你不會法力，一個人留在岸上不安全，到時候畫鬼也把你帶走就麻煩了。等我拿到木氣，方便帶你進出畫境再帶你去好不好？」

「喔……」儀萱微微嘟著嘴，非常失望，不過曄廷說得對，她也不想變成他的累贅，「好吧。我先回家好了，不然你不見後我一個人在你房間也很奇怪，等你從畫境回來後再告訴我情況如何。」

「好，那我再跟你聯絡。」曄廷跟她保證。

＊＊＊

儀萱離開後，曄廷再次來到《寒江釣艇圖》，這裡依舊冷得要命，他趕快運氣，讓內力充塞全身，但是沒多久，另一波寒意又襲來，感覺非常詭異。他提高警覺，同時在心中慶幸沒有帶儀萱一起來。

曄廷看看四周，除了特別溼冷外，似乎沒有其他不尋常的事物，他想了想，決定先去找畫仙。

曄廷再度運氣暖身，身邊的溼氣和冷意更重，彷彿空氣中可以看到點點水氣，他皺著眉頭，謹慎的往前走，來到深潭邊，用力深呼吸幾次，然後跳入水中。這是他第二次入水，很明顯的跟第一次不同，今天的水非常濁，水中的能見度只看得到眼前划動的手，不像上次那樣清澈明亮。如果這次要拿水的能量，肯定不會像先前那麼順利。

他四處游動，還真的除了自己的手腳什麼也看不到，更不要說找人了。他知道這不尋常，心裡很著急，但是也沒有辦法，看來只能先去找木氣跟火氣，把五行氣練全，他才有能力對付畫鬼。

他浮出水面，游上岸喘口氣，運氣讓身體暖和起來。感覺回復體力後，順著小瀑布，來到前景的大樹旁。

他深吸一口氣，兩手伸出掌心對著樹幹，閉起眼睛，呼吸運氣。

什麼也沒發生，什麼也感覺不到。

怎麼會這樣？他很納悶，於是再試一次。這次，他把手貼在樹幹上，可是依然沒有反應，只感到樹皮的粗糙跟溼氣。

我找錯樹木了嗎？應該不是，之前找水氣時，畫仙就說哪幅畫都可以，金氣也是，她還特地帶他去不同的畫找讓他有感覺的武器。所以應該不需要特定的樹木。

還是需要畫仙帶著他練？之前三個氣都是有畫仙在場，有她的引導。想到這裡，曄廷不禁覺得心慌，如果是這樣該怎麼辦？沒有畫仙就不能練了嗎？那怎麼救畫仙？

他想前想後，正不知如何是好，這時一陣咳嗽聲傳來。他回頭看，是來自湖中釣艇上的漁翁。

「小兄弟，此樹已非以往嘍，咳咳！」他嘆口氣，咳得更大聲，「畫鬼愈來愈強了，這些樹從外表看起來和平常什沒麼分別，但是裡面其實已經溼朽了。你可以折一小段樹枝就知道。」

曄廷找一段藏在樹後面的小樹枝，幾乎他的手一碰，細枝就斷了，他看裡面橫切面，果然都變成黑褐色，像是浸著土水的泡棉，還發出一股噁心的霉味。

「看來再過不久，我的身子也要這樣腐朽下去。」老翁再度嘆氣。

「怎麼會這樣？怎麼辦？」曄廷看到畫境破敗非常著急。他想到儀萱提過，詩境、詞境也曾經被黑暗力量破壞過，現在畫境也陷入同樣的困境。

「咳咳……之前畫仙會來補救，可是上次她來時被抓走了。哎，咳咳咳……」

老翁的話讓曄廷心一酸，但是也提醒了他，畫仙跟他說過，他練的土氣有保護、培育生命的作用，雖然他現在的法力還不完整，但是承襲畫仙的教導，應該多少有幫助。

他跳入湖水，游向船艇，老翁看他靠近便伸手拉他上船。

曄廷感覺到老翁的手異常冰冷，他一探他體內的眞氣，果然非常的微弱。曄廷請老翁坐下，像當初畫仙幫他那樣，幫老翁調順體內的氣息。

過了好一會，他才感到老翁的身體暖了起來。

「咳咳……謝謝小兄弟相助。」老翁還是在咳嗽，可是氣色稍微好了一點。

「哪裡，我也只能做這麼多。」曄廷爲自己微弱的法力感到不好意思。

「只要有心，任何幫助都不嫌少！」

老翁的話給曄廷一些鼓勵，他點點頭，轉身面向湖，張開雙臂，開始運行體內的眞氣。他帶動土氣，行至雙掌，一股能量從掌心送出，緩緩滑過水面，達到岸邊，包覆幾株松樹，然後順著小瀑布，往上到深潭，再沿著長長的瀑布往上，漫過山頭，直達天際。

這一趟下來，他覺得耗了許多眞氣，疲累不已。

「好像沒辦法回復原樣。」他試著再去取松樹的木氣，還是沒有用。

「至少，你能保住畫境，讓它沒繼續腐壞下去，幸好有你啊！」老翁感激的說。

曄廷看空氣中的溼氣似乎淡了一點，老翁也不像一開始頻頻咳嗽，臉色比較紅潤，雖然他施法耗費許多力氣，還是很值得。

「老伯，那我先走了，我會再回來的。」曄廷握著他的手，再度傳送一些內力給他。

＊＊＊

回到自己的房間，曄廷覺得異常疲累，不過看到手機有儀萱傳來的簡訊，要他看到後儘快回電。

曄廷打起精神撥電話給她。

「喂，儀萱，我回來了。」

「你聲音聽起來很累，還好嗎？」

「是啊，滿累的，」曄廷老實的打個呵欠。

「你拿到木氣了嗎？」儀萱口氣帶著焦急。

「還沒有，我進入《寒江釣艇圖》後，先去找畫仙，可是……」

曄廷把在畫境裡遇到的事跟儀萱說。

「原來是這樣……」儀萱語氣低沉。

「怎麼了？」曄廷問。

「你應該還沒看新聞吧？」

「還沒。」

「你去打開新聞臺看一下。」

「明天再看好了。」曄廷覺得很想睡覺，一點也不想看什麼新聞。

「去看一下，故宮的一些古畫遭到損害，第一幅講到的就是《寒江釣艇圖》！」

「什麼！」曄廷的睡意一下子全跑了，他拿著手機來到客廳，打開電視。

在幾個車禍、土石流、淹水的新聞跟五個廣告之後，主播繼續播報新聞：

「這幾天的豪雨除了帶來中橫山區的土石流外，故宮也傳來災情，一些上千年的唐宋古畫遭到溼氣的侵入，畫作受潮後產生褐色的霉斑，不僅影響美觀，還可能造成無法復原的傷害，現在我們聽聽專家怎麼說。」

畫面從面色凝重的主播轉到故宮的收藏室，鏡頭掃過許多畫作，有些還是曄廷進去過的作品，包括《早春圖》跟《層巖叢樹圖》。

「我們可以看到，這些國寶級的畫作現在都染上霉斑，」鏡頭拉近，果然可以看到畫中點點的褐色斑點，「請問一下處長，最近爲什麼忽然這麼多畫受潮？是因爲天氣的關係嗎？」

鏡頭轉向一位戴眼鏡、留著小鬍子的中年男子，他顯得很不安。「目前我們不能確定原因，故宮一向有標準完善的保存古物設備，書畫收藏最好的環境是在攝氏十五到十八度，相對溼度百分五十五到六十五之間，溫度或溼度太高都會破壞書畫。

「畫作上的霉斑，代表有黴菌產生，這些黴菌分解紙質中的蛋白質、澱粉，而分解的過程中就會造成色素的沉澱。作品生了霉斑可以用專業的方法進行滅菌，像是環氧乙烷滅菌法，除氧充氮法等，目前我們先用乾燥滅菌法，把溼度降低，像這幅《寒江釣艇圖》明顯已經改善許多，其他那些發生霉變的畫，我們也會密切注意，不會讓國寶書畫受到損毀。」

鏡頭帶到《寒江釣艇圖》，上面的霉斑果然淡了許多。

「謝謝處長的解釋，這些書畫都是文化的寶藏，希望能夠安全的保存下去，讓後代的子孫也能繼續欣賞歷史文物的優美。我們把現場還給棚內主播。」

之後的新聞講的都是演藝圈的消息，曄廷把電視關掉。

「眞糟糕，沒有畫仙，畫鬼的力量已經影響到畫作了。」曄廷擔憂的說。

「還好你有進去《寒江釣艇圖》幫忙。他們說是什麼乾燥滅菌法讓畫作好起來的，其實是你的法力救了那幅畫的！」儀萱說。

「看來我要一一進去畫裡幫忙施法了。」

「可是你施法一次耗掉這麼多體力，況且你法力還沒練成。你不是說畫仙就是對抗畫鬼，消耗過度最後才被抓走？現在畫鬼更強了，你不可能對付得了，要自己量力而爲！」儀萱警告他。

「那怎麼辦？我不能看著這些畫一一被毀掉啊！」曄廷知道儀萱說的有理，但也無法眼睜睜看著畫鬼破壞畫境，放著不管。

「現在重要的是把另外兩種氣練好！」

「可是畫作受潮，樹木受到傷害，我拿不到木氣啊！」

「嗯……」儀萱想了一下，「剛才那個處長說『有一些』畫受到霉變，並沒有說全部的畫，我想，畫鬼的力量應該不能一下子就破壞所有的畫，我們動作快，看看哪些畫還完好。」

「我剛從《搗練圖》回來，這幅畫就沒問題，當時畫仙設下了氣結咒，我再去看看哪些畫是好的。」

「不，你現在哪裡都不要去，先休息，今天練了一堆劍式，又施法保護畫作，消耗太多體力了。等明天再說，明天我再跟你一起找畫。」

「好吧！」曄廷答應她，他知道自己現在眞的很疲憊，逞強的確不是辦法，今天晚上一定要好好運氣調養，把體力補回來。

21

第二天一放學，儀萱就來到曄廷家。這幾天，曄廷的父母忙著一個新的畫展開幕，晚上都很晚才回家，曄廷知道自己跟儀萱消失個一、兩個小時不會有問題。

「我剛剛再看一次新聞，都沒有再講故宮古畫的事了。我上網看，也只有跟昨天類似的消息，沒有什麼新的進展。」曄廷說。

「最近一直下雨，很多地方災情慘重，市長的新聞又鬧得沸沸揚揚，像古畫發霉這種事，沒爆點又不刺激，除了我們兩人應該沒多少人有興趣，記者是不會再追的。」

「我們可以打電話去故宮問，看哪些畫還沒有發霉。」曄廷提議。

儀萱打電話過去，不過故宮裡接電話的工作人員沒有多說什麼，只是很客氣的謝謝他們的關心，說館方一定會讓專業的修護師來處理，請他們不用太擔心。

「看來，我們要親自去畫裡看看。」曄廷心急的說，「你上次不是找了一些畫，我們試試看。」

「在這裡。」儀萱搬出那一堆畫冊，翻了翻，指著其中一幅畫，「這幅怎麼樣？北宋范寬的《秋林飛瀑圖》，它也收藏在臺北故宮。我覺得這些樹木看起來好有生命力，盤根糾結，而且一條瀑布從中穿過，很符合水生木的概念。」

「很好啊！」曄廷看著也覺得不錯，只是不知道是不是已經被畫鬼侵入，「我們快去看看。」

儀萱點點頭。他們一樣先進去《搗練圖》再去《秋林飛瀑圖》。

他們一出現，馬上覺得腳下一滑，曄廷趕快運氣穩住自己，握住儀萱的手抓得更緊，她才沒有跌下去。他們站在一排樹林前的大石上，這裡的石頭陡峭嶙峋，本來就不好落腳，現在霧氣瀰漫，石頭上又溼又滑，非常危險。

「看來這裡也被畫鬼的力量入侵了。」儀萱皺著眉頭四處看，本來壯闊的高山美景，現在只見空氣朦朧，還帶著令人作嘔的腐味。

曄廷不死心，他轉過身，伸手對著樹木運氣，的確沒有動靜。

「看來這些樹……啊！」儀萱的話還沒說完，她身旁大樹的樹枝像條粗繩，對著她的腳踝纏繞上來，儀萱一個重心不穩，整個人便向後倒，跌在地上。曄廷見了大驚，馬上運起劍氣，砍斷樹枝，但纏繞在儀萱腳上的那一段，彷彿是一條蛇，居然繼續往上朝著她的小腿爬去，還愈勒愈緊。不僅這樣，他們身旁一排的樹林都動了起來，好幾十條樹枝蜿蜒朝他們射來，曄廷趕忙運劍，用上「群鶴盤旋」的招式，對著空中的樹枝迎擊，斬斷許多枝葉。

「啊！」曄廷聽到一聲低呼，他回頭看，儀萱坐在石頭上，兩手試著去扳開緊纏著她的樹枝，可是卻讓它纏得更緊，儀萱痛得大叫。曄廷一分心，其中一條特別粗壯的樹枝便纏上他的手腕。

曄廷感到手一陣劇痛，差點鬆開手中的劍，可是他咬著牙，硬是不肯放。樹枝力量很大，拉著他的手往前，他靈機一動，順著枝條拉扯的方向騰身躍起，用上「彩蝶撲花」的招式踩在枝條上，然後低手砍斷樹枝。

跟儀萱的狀況一樣，纏在手上的枝條沒有因爲從母樹上斷開而死去，曄廷運起眞氣，引動土氣，集中心力在手腕上，一股眞氣衝向樹枝，樹枝才消散成白煙。

他見這方法有效，趕忙奔到儀萱身邊，這時儀萱腳上的樹枝已經纏上大腿了，痛得滿頭大汗。曄廷運氣到雙手，對著她腳上的樹枝按去，樹枝終於鬆開變成白煙消失。

「謝謝！」儀萱坐在石頭上大力喘著氣。

這時，眼前樹林再度發動攻勢，曄廷站起身，擋在儀萱的面前，像在《寒江釣艇圖》那樣，他運起體內的眞氣，加上土氣的能量，對著射來的樹枝推去，只見一條條的樹枝在遇上空氣中的那股能量時一一碎化成煙，消散無形，但曄廷的能量也被消耗不少。他咬緊牙根，繼續運氣推進，法力漫過樹林、瀑布，還有高山峻嶺，雖然畫面還是充滿淫氣，但是至少暫時抑制住畫鬼的攻擊。

「你還好嗎？」曄廷扶起儀萱。

「我沒事了。只是腳踝有點痛。你呢？臉色看起來好蒼白。」儀萱擔心的看著他。

「剛才消耗比較多眞氣。」曄廷覺得很累。

「那我們快離開，回去《搗練圖》！」

曄廷點點頭。

＊＊＊

「他臉色怎麼這麼差？」「怎麼了？」「怎麼會這樣？」「他還好嗎？」「趕快坐下來休息吧！」女子們看曄廷疲憊的樣子都非常擔心。

「過來。」玲素站起身來，讓曄廷在地上的席子坐下。他覺得很不好意思，讓大家這麼擔心，不過他也不想違背大家的好意，便聽話的坐在席子上。

曄廷大致跟大家說了畫境的狀況。「爲了對抗畫鬼，我才會耗掉這麼多眞氣。不過你們不需要擔心，畫仙很早以前就在這裡施法，你們都很安全。」

「我記得當時畫仙也是這樣，每次回來都臉色不好，眞氣受損，」紅珊臉色焦急，「可是那時候問她發生什麼事她卻什麼都不說。」

「她本來就是內斂的人，也是不希望你們擔心。」曄廷說，「現在她被抓走，我們都要非常小心。這裡目前很安全，不過如果有任何狀況，你們要儘快告訴我。」

「你自己也要小心。」忘音關心的說。

「這裡是畫仙的家，也是你的家，你隨時可以來這裡修習。」白盈說。

「好的，謝謝你們。」曄廷覺得心裡很溫暖，這幅畫的原畫是他祖先張萱的作品，雖然經過宋徽宗的臨摹，但是張萱用法力描繪出畫中這十一人，這些人才會個性面貌這麼鮮明，而且對他這麼信任、關照。

雖然這些人沒有法力，但是這份溫暖的關心給了他很多的安慰，這股安慰帶著某種力量，就像畫裡其他事物都帶著各自的力量，這些女子，不管是溫柔的，可愛的，積極的，實際的，體貼的，種種個性，也都帶著她們的能量，這些正面的能量讓他身心舒緩許多，疲憊的身體得到修護。他再度深呼吸，運氣，讓真氣充塞全身。

「我好多了，謝謝你們。」曄廷再度致謝，「儀萱，走，我們再試別的畫。」

「你要去哪幅畫？」儀萱問。

「呃……」曄廷抓抓頭，「剛才急著要進去，沒想太多，應該多看幾幅的。」

「我還記得幾幅我標記起來的，可惜不能用腦波傳給你看。」

曄廷知道儀萱記憶力很強，每回學校的詩詞背誦比賽都是她拿第一名，記幾幅畫對她來說一定很容易。只是人與人之間的頭腦不能像網路一樣，可以互相傳資料。

不過曄廷又想到一件事，先前他挑選武器時，畫仙要他先不要告訴她是哪一幅，用力在心裡想著畫，然後再用法力相助，帶他進了《延陵掛劍圖》。不知道他可不可以將同樣的方法用在儀萱身上？

「我想試試看一件事。」曄廷眼睛發亮，「儀萱，你選一幅你記得的，印象深刻的畫，用力想著畫面的樣子，我運氣施法，說不定可以成功。」

「好！」儀萱語氣興奮，她想了想後說：「這是吳鎭的《松泉圖》，畫中有一棵蒼勁的大松樹，後景有一條瀑布。這幅畫收藏在南京博物館，不是在臺灣，說不定沒有受潮。」儀萱抱著一線希望，雖然她也知道，之前的畫受潮不是因爲天氣的因素。

曄廷對這幅畫依稀有點印象，不過他知道那一點模糊的印象不夠讓他進入畫境，一定要有儀萱的幫忙。

「記住，要用力想著畫。」曄廷提醒她，握住她的手。

「好。」儀萱眼睛閉起來，馬上又張開眼睛，「如果我們成功進去了，可是裡面也被畫鬼侵入，拿不到木氣，你要答應我馬上回來，不要浪費精力去修補畫境，時間對我們來說也很重要，你愈快拿到五行氣，就能愈快對付畫鬼。」

曄廷想了一下，要他看著這些珍貴的畫作被毀卻置之不理眞的很難，不過儀萱講的有理，每幅畫都消耗掉那麼多體力也不是辦法，而且依他現在的法力也無法讓那些畫作完全回復到先前的模樣。「好，我答應你。」

「眞的？」儀萱似乎不太相信。

曄廷笑笑說：「我拿了季札的劍，這是一把守信的劍，如果我連對你說的話都不能守信，那就跟我手上的劍氣相違背，金氣就不能練好，是不是？」

儀萱聽了很開心，用力點頭，再度閉上眼睛想著那幅畫，感受曄廷傳給她的法力。

「成功了！」儀萱聽見曄廷的低呼睜開眼睛，沒錯，他們就在《松泉圖》裡。眼前有條瀑布從山頂直衝而下，瀑布旁的山崖上橫長出一棵大松樹，枝幹曲折有力，的確是練木氣的好地方。

不過空氣中那股霉味讓兩個人都皺起眉頭，不僅如此，他們感到腳下一陣晃動，像是地震一樣，然後松樹的樹枝變成鷹爪狀，向他們伸來。

「這裡也淪陷了！我們快離開！」儀萱用力抓緊曄廷的手。

「好！」曄廷點頭。他答應過儀萱不再冒險。

曄廷一手穩住儀萱，一手用劍氣擋開樹枝，心裡想著《搗練圖》，安然無恙的回到畫裡。

「你還記得哪幾幅畫？」曄廷不放棄，繼續問儀萱。

儀萱想了想。「宋朝李成的《茂林遠岫圖》，這在遼寧省博物館；元朝盛懋的《秋江待渡圖》，這在北京故宮；明朝沈貞的《秋林觀瀑圖》，這在蘇州博物館；南唐巨然的《山居圖》，這幅被日本人收藏；宋朝屈鼎的《夏山圖》，這在美國紐約大都會博物館。」

曄廷實在很佩服儀萱的記憶力，不僅記得畫面和畫家，連哪個國家、哪個博物館收藏都記得一清二楚，太強了！

他們一一進去這些畫裡，很可惜，這些畫也都染了霉氣，都沒能成功拿到木氣。

「想不到連巨然的畫也被侵入了，本來我想那是有道高僧的畫，應該比較有能量抵抗畫鬼吧？哎，看來我取得土氣的《層巖叢樹圖》也不用試了。」曄廷嘆口氣。

「對了，說到這個，我想起有幅畫，主題不是畫山水樹木，是畫一個人物，裡面還畫了猴子跟鹿，我屬猴，對猴子特別感興趣，所以印象深刻。畫裡的人物是個羅漢，羅漢也是有道高僧，應該擁有更高深的力量吧？」

「應該是。這是哪幅畫？」

「宋朝劉松年的《畫羅漢》。」

「不過我要找的是木氣，不是僧氣耶！」

「忘了說重點。這個僧人靠在一棵樹上，有僧人加持，這幅畫可能還沒被破壞！」儀萱興奮的說，「不然像我們那樣瞎找，浪費時間精力又沒效率，不如試試看。」

儀萱說的有理，曄廷也想知道結果。「好，我們去看看！」

他握著儀萱的手，儀萱閉上眼深呼吸，感受曄廷傳來的內力，讓《畫羅漢》在腦海中浮現。

他們來到一處山路，路旁有棵大樹，樹幹上樹瘤盤結，枝幹彎曲，樹皮突出外翻。一名羅漢倚著橫生的樹枝，他生得濃眉大眼，滿臉皺紋，耳垂上掛著兩個金環，身上穿著袈裟，露出右邊的肩膀。袈裟的顏色華麗精美，金色繡線織出細緻的紋路，羅漢的頭肩部位還有一環光圈，曄廷可以感受到一股強大又柔和的力量從那裡散發出來。

他身旁有個小和尚，小和尚兜著衣袖抬頭往上看，樹上有兩隻黑色的猿猴，牠們摘著紅色的石榴，小和尚在樹下接果子。兩人面前還有兩隻小鹿，牠們悠閒的走著，不時也抬頭往上看猴子們的動靜。

畫面的氣氛祥和莊嚴，同時猿猴、小鹿、樹木等自然元素也帶來蓬勃的生命力。更重要的是，這裡空氣乾淨清爽，沒有一絲霉味！

「兩位是……」羅漢滿是皺紋的眉頭皺得更深了。

「我叫曄廷，她是我朋友，儀萱。我們是畫仙的朋友。」曄廷自我介紹，「請問大師怎麼稱呼？」

「我師父是大覺菩提尊者。」小和尚回答。

「那小師父怎麼稱呼？」儀萱問。

「我是悟心。」

這時咚的一聲，有東西落在曄廷頭上，他感到一陣劇痛，那東西同時掉在地上。曄廷整個人緊繃起來。畫鬼又出現了！

「對不起施主，戒頑和戒皮喜歡亂丟果子砸人，我正在訓練牠們把果子丟到我衣袖裡。可是牠們還是常常搗蛋。」小和尚吐吐舌頭說。

「戒頑和戒皮？」

「悟心這孩子童心未泯，給了兩隻猴子取了法號，一隻叫戒頑，一隻叫戒皮。」大覺菩提尊者慈愛的微笑。

「原來是猴子。」曄廷鬆了口氣。他撿起地上的石榴，拿給悟心。

「你們怎麼來到這裡的？」大覺菩提尊者問。

「是畫仙帶我來畫裡，教我練氣，現在她被畫鬼帶走了，我們要去救她！」曄廷把大概的情況說給他們聽。

「原來如此，不知道老衲可以幫上什麼忙？」大覺菩提尊者問。

「大師已經幫了最大的忙了！」曄廷由衷說，「您的佛法高照這幅畫，讓畫境充滿力量，不受畫鬼的侵害。」

「曄廷需要五行氣，之前很多畫都被畫鬼破壞了，讓他拿不到木氣。大師這裡平安無事，樹木健康挺拔，他可以順利拿到木氣了！」儀萱也補充說明，「尤其是您倚靠的這棵菩提樹，一定沒人敢侵犯的。」

「原來是這樣，」大覺菩提尊者站起身，「這樹有靈氣，我也受其啓示。你若能從中取得木氣，也是你的緣分。」

「謝謝尊者。」曄廷恭敬的說。

接著曄廷走到樹前，尊者在一旁，輕聲唸著佛號，整個氣氛很莊嚴，連戒頑和戒皮也安靜下來。儀萱站在小和尚悟心身邊，兩隻鹿悄悄走到她面前，歪著頭好奇的看著她。儀萱小心緩慢的伸出手，小鹿沒有驚慌，讓儀萱輕輕的摸著牠們的背，柔軟的短毛觸著手掌，儀萱覺得這一切又安詳又美麗。

曄廷伸出手，掌心對著樹幹，深吸一口氣後運起眞氣，加上體內已有的土氣、金氣跟水氣，身體內在產生一股力量，這股力量跟眼前樹幹散出的力量相呼應，引出木氣，這氣帶著舒暢生長，向上升發的特質，曄廷感到一道強勁蓬勃的生命力進入體內。

「我終於拿到木氣了。」曄廷欣喜的說。

「善哉，善哉！」大覺菩提尊者也面露微笑，臉上的皺紋抒解許多，「緣分到了，自然是你的了。」

「施主，那你現在是不是就可以去別的畫把畫仙救回來？」悟心問。

「我還沒把所有的五行氣都找全，不過我一定會試試看。」曄廷說，「謝謝你們！」

儀萱也跟他們道謝，兩人一起回到《搗練圖》。

22

「你找到木氣了嗎？」紅珊急著問。

「拿到了。」曄廷點點頭。

「終於拿到了！」零兒拍拍手。

「你試了這麼多圖，總算成功了。」杏娥對他說。

「太好了！」之采放下手中的針線，微笑著說。

「現在還剩下什麼？」玲素問。

「我需要練五行之氣，現在我已拿到土氣、金氣、水氣、木氣，最後只剩火氣了。」曄廷說。

「你知道要去哪找火氣嗎？」白盈問。

「我在找畫時，畫裡面有樹木有水的很多，有火的好像沒看過。」儀萱仔細回想。

「對啊，我好像也沒看過。」曄廷皺著眉頭說。

「看來，我們要先回去再多找找看。」儀萱說。

曄廷正要去握儀萱的手，有人喊著他們。

「你們要找火嗎？」小蘭小聲說，「我在搧的炭火可不可以？」

大家回過頭一看。對啊！曄廷睜大眼睛，怎麼沒看到眼前的火？這幅畫進進出出不知道多少次了，這爐火就在這裡，居然從沒放到心裡去。

「可以！絕對可以！」曄廷開心的跳起來。

「小蘭，你反應眞快！」心翠稱讚她。

「是啊，他們就不用那麼辛苦的找來找去了。」忘音說。

大家左一句右一句稱讚，小蘭不好意思的臉紅了。

「對不起，我想問一件事，」儀萱有點猶豫的打斷大家，「畫仙有在這裡練過火氣嗎？」

「沒有……」大家你看我，我看你，都搖搖頭。

曄廷想了想。「畫仙喜歡人少清靜的地方，這裡對他來說太熱鬧了。可是對我來說卻意義重大，不僅有火，還是我進入畫境的第一幅畫，也是我先人的畫。我們的經驗不同，不適合她的畫不一定也不適合我。」

「你說的也對！」儀萱說。

「那快試試看吧！」白盈鼓勵他，「小蘭，你看看能不能把火弄大些。」

曄廷看著眼前的炭盆，黃銅製的火爐上面雕著精細華麗的紋路，兩旁有兩個讓人方便拿取的金屬環耳，還有兩根造型精緻的黃銅棒用來攪動炭火。爐裡一根根裁切整齊的碳棒，現正被火烤得紅通通，發著溫暖的亮光，小蘭用力揮著手中的扇子，把火搧得更旺。

「我來幫你！」儀萱走過去，嘟起嘴用力吹著，炭裡的火苗往上燃起。

曄廷走上前，專注的看著炭火。這時，大家也都安靜下來，全神貫注的看著他。

這是他進入畫境的第一幅畫，也是他祖先張萱創作的畫，現在，他就要在這幅畫拿到五行氣的最後一個火氣，就好像是五行的力量，環環相扣，這緣分真是奇妙。

曄廷深吸一口氣，像剛才那樣，先運起真氣，然後是土氣、金氣、水氣、木氣。他讓這些氣在體內繞轉一圈，讓每個氣互相牽引作用，然後再伸出雙手對著火焰，像是冬天要烤手取暖那樣，他感到一片熱氣迎來，立刻運起體內的氣，迎接這股火氣。

他先感到熱氣集中在掌心，眞氣加上土、金、水、木四氣在他體內形成一股吸力，把火氣從兩隻手的掌心吸入皮膚內，然後引導火氣經由手掌、前臂、上臂、肩膀，來到胸前結合，接著通過心臟，把火氣納入心中，五股氣再一起下到丹田。這時眞氣融入五行氣，互相循環，相生相剋，交互作用，形成一股巨大的力量。

這力量在丹田中膨脹，他覺得自己的肚子似乎鼓了起來，但是低頭看，身體並沒有任何外型上的變化，反而有一種沛然的能量盈滿體內，然後慢慢的，這能量向四方散去，從前胸、後背，然後上行到肩頭、手臂、手指；下行到臀部、大腿、膝蓋、小腿、腳板、腳趾，全部聚合後，再度上行全身，來到脖子、臉面、五官、頭骨，終至頭頂的百會穴。

他全身感到發熱溫暖，同時又清涼冷冽；他感到生機蓬勃，同時又收斂沉降；他感到蓄勢待發的衝勁，同時又有防禦維護的保護力。每一個穴道在五行氣經過時，有種輕微的電波穿過的感覺，不過不會疼痛，也不會不適。相反的，他有種全身被開發的舒暢感，他的感官、知覺、體力，都比之前敏銳，他的能量和法力都比原本強大了好幾倍。

「你覺得怎麼樣？」儀萱看著他，關心的問。

「我拿到火氣了，現在五行氣都齊了！」曄廷忍不住興奮的說，「我覺得很棒，全身充滿力量。」

「小蘭，你的建議眞好！」儀萱輕輕拍她的頭。

「是啊，小蘭，謝謝你。」曄廷由衷的感謝。其他女子也都微笑的看著她。

小蘭開心得臉都紅了。

「你拿到五行氣，是不是就可以救出畫仙？」玲素問曄廷，其他人也熱切的看著他。

「我會盡全力試試看的。」曄廷對於自己沒把握的事不敢輕易承諾。拿到五行氣，不代表他練得純熟，畫仙擁有千年的修爲，但她還是一直努力不懈的在畫裡練氣，相比之下，他才得到法力，還有很多的進步空間，能不能馬上就控制畫鬼，救回畫仙，他也不敢保證。

「他才剛拿到五行之氣，應該要多練習才能運用自如，而且他進出畫境也耗掉許多能量，如果能花點時間把五行氣練好，補充體力，一定更有把握救回畫仙。」儀萱說。

「可是畫仙處境危險，我們不能一直等下去！」紅珊急促的說，「他既然拿到五行氣，一定要快點試試看！」

大家七嘴八舌的討論起來，有人認爲他應該馬上去救人，有人認爲他要先做好準備，多加修煉之後再去。

「我知道你們都很著急畫仙，」曄廷開口，大家安靜下來，「我想，我還是先回去，但是放心，不會太久的。」

「好。我們相信你，也支持你。」玲素算是幫大家結語。

＊＊＊

他們回去後，曄廷的爸媽還沒回來，儀萱要他好好休息，好好練氣，說好第二天再來找他。曄廷這晚做完功課後，自己打坐呼吸運氣，的確，每多練氣一次，他便感到體內多一分的能量。

第二天，儀萱一放學就來到曄廷家。

「趕快開電視。新聞臺！」儀萱一進門就急著說。曄廷平常不愛看電視，不過他知道儀萱一定有她的理由，於是馬上拿起遙控器，按下電源鍵。

先是兩則社會新聞，再一則高速公路事故，接著畫面中出現故宮，曄廷聚精會神盯著電視。

「接下來是一則令人痛心的消息。這次令人矚目的故宮特展『古代生活小品』，前幾天受到大雨的影響，有幾幅畫呈現受潮現象，正委託專人搶修。今天有一幅李嵩的畫作，名為《骷髏幻戲圖》，卻在大家的眼前溶解消失了！我們現在請在故宮的記者李珊珊為我們做詳細的現場報導。」電視上的主播，臉色沉重的說。

顧曄廷目瞪口呆的看著新聞。溶解消失？那是什麼意思？

鏡頭轉到故宮，一名女記者拿著麥克風，身後的大門緊閉。「我現在的位置是『古代生活小品』的展覽館外面，大家可以看到，目前這個展覽館已經關閉，暫時不對外開放，因為這次展覽中一幅千年名畫，李嵩的《骷髏幻戲圖》居然在大家的眼前憑空消失。現在距離事件發生已經四個小時，當時在場的民眾還是不願散去，根據目擊者周先生表示，今天適逢週末，他排了好久的隊伍，終於跟著人群走到這幅畫作前面，當他正要細細觀看時，發現這幅名畫居然就這樣在眼前消失，整個畫面變成混濁一片。現在周先生就在我身旁，周先生，可以請你描述一下當時的情況嗎？」

畫面中的鏡頭一轉，一個戴著棒球帽、有點年紀的男子出現在女記者身旁。

「太嚇人了，吼，太嚇人了！」男子一副心有餘悸，用誇張的口吻說道，「我當時在排隊啊，輪到我看時，忽然整個畫面開始變淡，好像……啊，好像有人拿汙水把畫洗掉那樣。我以為自己眼睛有毛病呢，一直眨眼睛。然後我就聽到身邊的人開始尖叫，然後整幅畫就不見了，畫面整個變黃了。」

「所以，現在那幅畫，只是一片黃色？」記者問。

「是啊是啊。像生鏽發霉那樣，我旁邊的人也都看到了！」

「請問你現在的心情如何？當時你……」記者話還沒問完，周先生把麥克風搶過去，

「嚇一跳啊。還有，我覺得這畫一定有問題，可能有人用那種小孩在玩的隱形墨水，偷偷潑在畫上面，所以畫才會不見。不然的話，就是有人變魔術，像大衛魔術那種啊，把整個自由女神像變不見……」

「謝謝周先生，」記者李珊珊儘量優雅的拿回麥克風，走到一旁的人群中，「請問你

們當時也在現場嗎？」

「是啊，是啊！」「好詭異啊！」「太奇怪了！」

「我那時候已經看過畫了，眞的很特別的一幅畫耶，然後我才往前走後沒多久，就聽到後面的人在喊：『啊，怎麼不見了！』等我回頭看，剛剛看到的名畫居然不見了，變成一片黃褐色。眞不敢相信啊！」一個婦人激動的說，她身邊的女性友人也猛點頭。

「好，目前故宮館方並沒有任何回應，據說他們稍後會正式對外說明，請繼續鎖定我們的連線報導，現在先把現場還給棚內主播。」李珊珊說完，畫面轉回之前的主播。

「謝謝本臺記者李珊珊的現場報導，」男主播輕輕點頭，「這次的特展貼近民眾，讓大家可以看到古人的日常生活，得到很多的迴響，卻沒想到出現畫作消失的現象。目前眾說紛紜，有人認爲故宮保護國寶不當，有人認爲是惡作劇，還有人說畫被詛咒，現在流言很多，但是故宮希望民眾給他們一點時間，他們一定會找出原因，把古畫還原。我們回到之前高速公路的車禍事件，現場最新消息是車內的少女奇蹟生還……」

曄廷把電視關掉，看著儀萱。「《骷髏幻戲圖》被毀了，這絕不是簡單的下大雨受潮，一定是畫鬼做的，想不到他們的力量這麼大了！」

「不知道畫鬼對畫仙怎樣了。」儀萱擔心的說。

「畫仙之前被抓走，但是畫境都還在，我想，她的法力有一定的效力。不知道她被關在哪，但是應該還是安全的，畫鬼還不夠力量對她造成危害。」曄廷推測，「可是現在《骷髏幻戲圖》被破壞，畫仙可能有很大的危險！」

「畫鬼留她下來，會不會是為了要引你進去？」儀萱看著他。

「你是說，畫鬼的目標是我？他們找我幹麼？」曄廷問。

「我只是隨便猜測，說不定他們毀損畫作，也是在引誘你進去。尤其你拿到五行的力量，對他們來說威脅更大，一定不會讓你好過的。」

儀萱說的有理。他想了想，畫仙帶領著他練五行氣，一定也是期望他可以幫忙照看畫境，不管畫鬼眞正目的為何，他都一定要去一趟。

儀萱彷彿聽到他內心的想法，過來握住他的手。「我想，叫你不要去《骷髏幻戲圖》是不可能的，我跟你一起去！」

曄廷感到儀萱手心傳來的溫暖跟力量。就像他之前感受到她體內的眞氣，雖然不是法力，但是這樣的力量卻讓他感覺安心。

「好，我們一起進去！」曄廷像是想到什麼又說：「對了，我現在拿到五行氣了，我想試試看，能不能從《骷髏幻戲圖》的圖片直接進入畫裡，說不定我不需要從《搗練圖》進出了。」

「試試看！」儀萱鼓勵他。

曄廷打開畫冊，翻到李嵩的《骷髏幻戲圖》，依照去《搗練圖》的方式施法，可是沒有成功。

「看來不行啊……」曄廷有點洩氣。

儀萱想了想，「如果直接去不行，那從《搗練圖》進入畫境後，是不是可以從一幅畫到另一幅畫，不用每次都要回來《搗練圖》？」

「我試試。」曄廷說。

「我覺得你先隨便選兩幅畫試試看，不要一開始就去《骷髏幻戲圖》，先確定你的能力再說。」

曄廷接納儀萱的建議，兩人再度來到《搗練圖》，畫中的女子們看到他們回來都非常開心。曄廷跟她們打過招呼後，便帶著儀萱前往《層巖叢樹圖》。

「好高的山啊！」儀萱仰望著山勢，「原來這裡就是你練土氣的地方。」

「是啊，」曄廷看看四周，這裡四處充滿溼氣，空氣中的霉味非常重，「只是，這裡也淪陷了。」

這時遠方傳來轟隆隆的聲響，曄廷抬頭看，山上的石頭夾雜著砂礫滾了下來，揚起一片塵土。

「這些石頭對著我們來了。」儀萱緊張的拉著他。

曄廷不發一語。

「你想要施法阻止？」儀萱問。

曄廷點點頭，儀萱知道這次自己阻止不了他，便低聲說：「小心！」

那些石頭愈滾愈快，隆隆的聲音像打雷一樣，曄廷凝神呼吸，伸出雙手，體內的眞氣加上五行氣從丹田上升，一股巨大的能量湧起。曄廷謹愼的運氣，把這股能量帶到手臂、手腕，還有手掌心，接著他再度呼吸運氣，把這股力量推出去。

一股溫和乾爽的能量從掌心出來，像風一樣，把周圍的溼氣一一逼走，儀萱馬上感到空氣變得乾爽許多，呼吸起來也不那麼厚重窒礙。

曄廷再次呼氣運氣，把力量往前推，山上滾下來的石頭像是碰到無形的碾石機，一一在空中碎成沙礫，揚起半天的煙霧。煙霧四處亂竄，沒多久又聚一起，形成一個巨大的黑影，像隻黑豹，張開巨大的嘴向他們咬來。

曄廷這次右手舉起，劍氣在手中成形，他用上「巨鷹擊鵲」和「飛馬奔逸」，刺向在天上飛竄的黑豹煙塵，只見它形體四散，像是慢動作的煙火，點點沙塵終於消失在天空。

只見天清氣明，畫中一切又恢復到之前的樣子。

「太好了，你成功了！」連沒有法力的儀萱都可以感覺到不同，「你覺得怎樣？」

「比之前好太多了！」曄廷微微冒汗，但是中氣很足，「而且這次是完全讓畫境復原，不是只修復一半。」

「所以這裡的土氣也恢復嘍？」儀萱好奇的問。

「是啊，我可以感覺到腳下的那股力量。」曄廷心念一動，「說不定我可以像畫仙那樣，也幫你練氣。」

「眞的嗎？我們要不要試試看？」儀萱興奮的看著他。

曄廷點點頭，領著儀萱坐下，照著畫仙當時的方式，要她閉起眼睛，雙手交握，然後他手按著她的頭，曄廷可以感到她的體內有股眞氣，可是卻不知道怎麼像畫仙那樣把它引導出來，更不知道怎麼幫儀萱拿到土氣。

「對不起……我不會……」曄廷不好意思的說。

「喔，沒有關係啦，你也才剛拿到五行氣，而且你會法力又不等於你會畫仙的法力。」儀萱說。

曄廷想想也對，法力這種東西很複雜，不是用現實世界的常理可以歸納的。

「我們還是快去《骷髏幻戲圖》看看到底怎麼回事。」儀萱建議。

曄廷點點頭，把儀萱拉起來。「我們從這裡過去，看看行不行得通。」

23

曄廷握緊儀萱的手，心裡想著《骷髏幻戲圖》的畫面，施法運氣。當他們睜開眼睛，發現四周是一片黏膩溼悶的黃色霧氣，同時一股惡臭撲面而來。

「我們在《骷髏幻戲圖》裡嗎？怎麼什麼也看不到。」儀萱口氣帶著害怕，這跟在〈青玉案〉的情況很像，那時詞境充滿暗塵，一片漆黑，讓人心生恐懼。當時儀萱有正氣靈在身上，有法力抵抗，現在她可以體會曹澧那時候的感覺，很難不覺得害怕無助。更可怕的是，這股惡臭愈來愈濃，好像一條剛從糞坑撈出來的毛巾蓋在臉上，呼吸愈來愈困難。

「我也不確定……」曄廷左右看看，四周一片腥臭朦朧，他伸出右手施法，可是效果不大，濃霧被逼退一些，馬上又聚攏過來。

「好悶，好臭。我……不能呼吸了……」儀萱臉色蒼白，一副快要昏過去的樣子。

曄廷緊緊抓住儀萱的手，把一些能量傳給她。「你跟緊我，我要用兩隻手設法把這濃霧給弄掉，你抓緊我的肩。」

儀萱感覺到手心傳來的力量，心裡比較穩定。她點點頭之後才想到，曄廷看不到她的動作，於是儘量閉著氣說：「好。」

曄廷牽著儀萱的手，引導她摸到自己的背，確定她另一隻手摸到肩膀的位置，兩手就位才鬆開手。接著他伸出兩隻手運氣施法，身邊的濃霧果然開始消散，味道也淡了一些，腳邊隱約出現個籃子，裡面有三個包袱、瓶子、葫蘆、傘。他記得那就是《骷髏幻戲圖》裡面的擔子。

「這裡就是《骷髏幻戲圖》！」曄廷興奮的對著儀萱說，看來他從《搗練圖》進入畫境後，就可以自由進出其他的畫。

曄廷繼續施法，更多的畫面露了出來，但是，他也感到一股力量跟他對抗。原來在他拿到五行氣，法力增強的同時，畫鬼的力量也壯大了。

他感覺比剛才在《層巖叢樹圖》費力許多，儀萱在他身後，也可以感到他全身緊繃，抓緊他肩膀的手也忍不住用力起來。

曄廷感到一股電流從儀萱的手竄到他肩膀，很像第一次在游泳池邊被儀萱抓到那樣，然後一道能量進入身體裡，雖然不是很強，但在這時候出現讓他精神大振。他再一次用力運氣，同時加強火氣的力量，火的熱度和高溫跟水相剋，利用火的乾燥和殺菌作用，終於把所有的霧氣給打散了，像是掀起布幕那樣，露出下面的圖案，那令人作嘔的味道也沒了。

「有兩、三下嘛，居然沒讓惡腐霧給悶死。怎麼？拿到什麼新法力嗎？」大骷髏空洞的雙眼望向他們。儀萱在故宮看過原畫，而且那時大骷髏還試圖攻擊她，現在自己身在畫中，兩副骷髏在她面前動起來，更是覺得毛骨悚然。

「畫仙呢？」曄廷不想跟他囉唆，全神貫注的注意他們的動態。

「畫仙當然是被我請去作客，你要見她，就讓那小女娃跟我來吧！」大骷髏陰森的說著。話語剛落，大骷髏猛然伸出右手，把手上的傀儡戲偶推到儀萱面前，小骷髏十指齊張，向她抓去。

曄廷拉著儀萱閃過，小骷髏冰冷的陰氣也透過指尖傳來，像是十把冷凍庫飛出來的尖刀從手臂劃過。曄廷一身冷汗，趕忙右手一伸，使出劍氣，刺向小骷髏。

小骷髏手中沒有武器，但是他的枯骨就是武器，直接以骨接劍，毫不猶豫。

曄廷用上「天鵲高飛」、「群鶴盤旋」、「巨鷹擊鵲」迎向小骷髏的陰險抓勢，但是同時要護著儀萱，不得不用上「健牛擋車」一些以慢制動的招式來配合。要快要準，又同時要穩要擋，他不知不覺間在實際的攻防實戰中，領悟更多的劍法。

這時候，儀萱一聲大叫，曄廷回頭看，原本在地上爬的小孩，現在整個人攀在儀萱的腿上。他張開嘴巴，露出三顆尖牙，正朝著小腿咬去。儀萱嚇得用力踢，嬰孩被她踢得腦袋左右晃動，沒辦法眞的咬下去，可是他緊緊攀住小腿，儀萱一時間也甩脫不了。

曄廷趕忙過來幫儀萱，他用「飛馬奔逸」一個轉頭甩尾的回手劍，劍氣逼著嬰孩鬆手，摔落在地，他正要上前再補一劍時，看到孩兒一臉憨樣，胖胖的手腳，圓圓的身軀，怎麼也下不了手，但是上回他就是不忍心對嬰孩下手才被打得手忙腳亂，他思前想後不過一秒鐘，小骷髏又欺身上來，招式凌厲的向曄廷攻來，曄廷趕忙迎戰。

「下不了手對不對？這麼個白白胖胖的嬰兒，天眞無邪，你怎麼捨得殺他？」大骷髏一邊操縱著傀儡，一邊擾亂曄廷的心智。

「曄廷，那是畫鬼，不是眞的嬰……」儀萱一邊又躲又踢，閃著對她爬來的嬰孩，對曄廷喊話，只是話還沒說完，又聽見她大喊：「啊，另一個也來了！」

曄廷感到一道黑影飛過，他先使出「巨鷹擊鵲」快速夾攻，逼退小骷髏，接著抬頭一驚，本來在婦人懷裡吸奶的另一個嬰兒被當成飛彈一樣擲了過來。這個嬰兒只有一隻手，沒有眼睛，還有一張大嘴在臉中央。他張開大嘴，對著儀萱咬去。

曄廷用了「健牛擋車」的強勁招勢，用劍氣把飛彈嬰兒給震落在地，嬰兒咿咿呀呀的朝著他爬去。

儀萱說得對，他們不是眞的嬰孩，是畫鬼，他不處理的話，不僅會阻礙他們找畫仙，還會傷害他跟儀萱。

不過他還是沒法一劍刺下去，而且這裡是大骷髏的大本營，畫鬼的力量比其他畫作強太多，曄廷無法像之前那樣用五行氣驅散全部，不過他想到畫仙曾用拂子把畫鬼吸進去，他也記得畫仙說過，只要他的五行氣練得好，可以用吸納法把畫鬼吸走。他打起精神，決定一試。

曄廷一邊對抗小骷髏，一邊注意著儀萱的安危，把爬來的嬰孩逼退，同時運行土氣，融合手中金氣的力量，他需要土氣中吸納涵養的特質。他再次運起法力，與劍氣結合，這時兩個嬰孩爬到儀萱的腳邊，儀萱閃過一個孩子，往後退一步時，畫面右邊的婦人這時出手，抓住儀萱的肩膀，腳下的另一個嬰孩對著儀萱的腳趾咬去。

「啊！」儀萱一聲驚呼。

曄廷把劍氣對準嬰孩，一道白光出現，射向嬰孩，嬰孩全身被白光包覆，像一個白色大繭，不再動彈。曄廷手一送，劍尖一抖，白繭變成光束，被劍氣吸收，瞬間不見。

「成功了！」曄廷心裡大喜，用同樣的方法收服了另一個嬰孩。

「還我孩子！」本來抓著儀萱肩膀的婦人放開了手，面目猙獰朝曄廷一蹬一蹬跳來。

「我要我的孩子！」另一個本來在餵奶的婦人，頭髮散亂，一手長一手短，也對著曄廷衝去。

小骷髏使出快招，對著曄廷猛攻，讓他沒法用劍尖穩穩對著兩個婦人，眼看一個跳，一個跑，都向他而去。曄廷靈機一動，拉著儀萱縱身往上，跳上大骷髏旁邊的高臺。

「你待在這兒！」曄廷對儀萱說。

不等她回答，曄廷從上而下，用「彩蝶撲花」、「群鶴盤旋」的招式身法，加上「巨鷹擊鵲」的凌厲攻勢逼退她們，同時找到空擋，先對跳腳的婦人施吸納法，然後是餵母奶的婦人。這兩人不再搗亂後，他才能全心對付骷髏。

小骷髏在大骷髏的操縱下，努力的躲開曄廷劍氣上射出的白光。沒有婦人和嬰孩的干擾，儀萱又安全的在高臺上，曄廷可以全心對付小骷髏，他使出「天鵲高飛」、「巨鷹擊鵲」，加上「飛馬奔逸」裡「奔」的力道，空氣中充滿劍氣的能量，他大喝一聲，劍尖對準小骷髏，正當他準備要使出吸納法時，忽然身體一輕，腳下一鬆，往下跌去。

「啊！」身旁的儀萱大叫。

他們腳下的高臺正在崩塌，碎石四散。曄廷伸出手要去拉儀萱，大骷髏左手伸出，對著石頭再一揮，這些碎石飛了起來，向著他們倆砸去。

曄廷看到一顆大石快要撞上儀萱，他用盡力氣，把眞氣集中，雙手對著儀萱的方向推去。一股能量衝出，把儀萱推離石塊，她安全的跌落在地。但是如此一來，曄廷顧不了自己，另一顆碎石砸上他肩膀，他感到一陣劇痛，身體一歪，便直直摔落在地，同時好幾顆石頭也砸在他的身上。

他急忙運起眞氣和五行氣護住全身，總算沒被砸暈過去，但也讓他全身疼痛，更慘的是，落下的大石壓在身上，讓他動彈不得。

「嘿嘿，」大骷髏陰笑兩聲，手持小骷髏向著儀萱，「乖女娃，跟我來……」

他的聲音忽然變得低沉緩慢，手中的小骷髏在線的拉扯下手腳上下舞動，對著儀萱招手跳舞。儀萱看著看著，忽然之間覺得頭昏腦脹，正警覺不對時，發現自己無法控制四肢，慢慢的向大骷髏走去。

「儀萱！停下來啊！不要過去！」儀萱聽到曄廷大喊，可是她除了眼睛、耳朵跟頭腦清楚外，其他什麼也不能做，四肢全身都好像不是自己的，眼睜睜看著自己走向大骷髏。

「儀萱！儀萱！」曄廷又氣又急，偏偏心裡愈氣愈急，眞氣的運行就愈窒礙。

儀萱就像畫中的白胖嬰孩，一步一步朝著小骷髏走去，小骷髏朝她伸出雙臂，儀萱也伸出雙臂……

曄廷重新運氣，眞氣跟五行氣布滿全身。他大喝一聲，體內的能量向外衝，終於把大石頭撞開。他站起身轉頭看，小骷髏已經握住儀萱的手，然後從她的手開始，慢慢從他眼前消失。他想也不想便飛撲上前，在儀萱完全消失前，抓住儀萱的腳踝。

24

曄廷只覺得眼前一暗，然後當他再度睜開眼睛，發現自己站在另外一幅畫裡。這是另一幅山水畫，他之前沒看過，大骷髏把儀萱帶來的同時，也把他帶來了。

他們站在一座板橋上，大骷髏操縱小骷髏，小骷髏兩手扣住儀萱的手。而這頭，曄廷的手還抓著儀萱的腳。他本來怎麼也不肯放，但是他感到一股強大的陰冷之氣從儀萱腳上傳來，大骷髏居然用儀萱當武器，把他的陰毒內力傳到儀萱身上！曄廷當然不可能把自己的眞氣內力藉著儀萱傳回去，只好趕快放手，使出劍氣應戰。

曄廷運氣出劍，刺向大骷髏，大骷髏空洞的眼眶對著曄廷，轉過身來，這是曄廷第一次看他站起來的樣子。他右腿的大腿骨、小腿骨，還有腳板骨完整修長，可是左腿的膝蓋以下是空的，而大腿腿骨卻長長短短，有粗有細，乍看像香蕉那樣一大串。大骷髏隨手拿起三、四根腿骨，右手往前直送，那骨頭便像箭一樣，一一向曄廷直射而來，曄廷連忙舉劍迎擊，把腿骨一一揮落。

大骷髏趁機拉著儀萱後退，曄廷正要追上，忽然背上一陣痛，像是被什麼東西擊中，一個踉蹌差點跌倒。他回頭看，有三個畫中旅人追了上來，一個人臉面模糊，挑著扁擔，扁擔上只有一包布匣，另一個布匣在他腳下，看來那人剛剛就是用這個攻擊他。另一個旅人騎在一隻五腳驢子上，他手拿鞭條，正趕著驢子，朝曄廷衝來。他身後還有一名高大壯碩，滿臉疤痕的男子，也捲起袖子，凶神惡煞的奔過來。

曄廷站在橋上，舉起劍對著他們，一一施吸納法，白光射出，他們想躲也躲不了，統統被劍氣吸走。

曄廷收拾了他們，轉過身，看見大骷髏帶著小骷髏和儀萱，一隻腳跳過了橋，進了對岸的山腳村落裡。曄廷提氣正要追去，忽然一陣爆裂聲，腳下一空，木板搭成的便橋像是被炸彈炸到那樣，碎成木屑。曄廷直接落入河水裡。

這水異常冰冷，水流湍急，曄廷水性不錯，但也掙扎好一會才浮出水面，游到對面的岸上。他顧不得全身溼透，站起來想要追上儀萱，但是早已失去他們的蹤影。

曄廷氣得在心裡大罵自己沒用，先是畫仙被帶走，現在儀萱也被帶走，兩個人都是在他眼皮下不見的。想到自己辛苦努力練劍氣，拿到五行氣，結果卻愈來愈糟，自己實在太遜了！他氣得把劍拔出來，想把附近的大樹砍個稀巴爛。但是看到手中的劍氣，他想到季札要他慎重用劍的話語，想到他對《搗練圖》其他女子的承諾，這把劍不是用來發洩怒意的。

他深呼吸幾次，運氣讓身體暖和起來，逼出水氣，再收好劍氣。

現在怎麼辦？

他坐在岸邊石頭上，調勻呼吸，安下心神，是不是要先回《搗練圖》再從長計議？還是回家找畫冊，看看大骷髏可能會帶她去哪？只是畫海茫茫，沒有任何線索，怎麼找？

這時候他聽到前面村落有些人語聲，或許那些人可以給他一些線索。

曄廷邁開大步朝著村落走去，這幅山水畫畫了不少亭子、腳店、客棧。曄廷來來回回，一間一間的找去。

「小兄弟，你打哪來的？你在找什麼？」一個大口吃著麵的大叔上上下下打量著他。

這裡是個麵攤，大叔在左邊這桌，另一桌有兩個年輕人。

「我……我是來救我朋友的，」曄廷看看這幾個人，抱著一線希望，「你們有看到一個女孩跟兩個骷髏嗎？」

「我剛剛看到他們經過！」其中一個年輕人說，「他們還說我眼花，我真的看見了！」

「他們往哪裡去了？這裡我都找遍了，怎麼都沒看到？」曄廷又興奮又著急。

「我們路過，對這裡不熟。」另一個年輕人抱歉的說。

「這條山路上去，有一間廟，你找過了嗎？」大叔看著他。

「沒有，我不知道這裡有廟，請問大叔怎麼上去？」曄廷問。

「就這裡出去，左拐，沿著山路一路上去，走到岔路時，再左拐，從山崗後面爬上一道陡坡就可以看到了，不過……」大叔頓了一下，「那間廟已經荒廢多年了，鬧鬼鬧很凶，你要小心。」

「多謝各位，我去找人了！」曄廷對他們抱一抱拳，急忙衝出小店，往山上跑去。

這是一條之字型的山路，果然在拐彎處可以看到山崗上露出屋頂的寺廟。他依照指示，爬上山崗，來到廟門口。這裡看起來陰森森的，沒有人氣，廟的大門半毀，他小心翼翼跨過門檻，四處張望。

他著急的在第一層樓找尋，沒有任何發現。接著走上二樓，也沒有。他一層一層往上走，來到頂樓時，聽到走道底的房間傳來講話的聲音。

「好，讓我把她給宰了！」那是大骷髏的聲音！

曄廷聽了心跳都快停止了。他快步衝向房門，用力把門推開，同時也聽到大骷髏啊的一聲大叫，眼前儀萱躺在地上，沒有動彈，大骷髏坐在她身邊，木桿跟小骷髏散在周圍的地上。

「儀萱！」曄廷大喊，可是儀萱還是一動也不動。

「你把儀萱怎麼了！」曄廷舉起劍，對著大骷髏刺去。大骷髏對著曄廷射出五、六隻腿骨，同時抓起木桿，操縱小骷髏向曄廷攻來。

曄廷用「天鵲高飛」打落腿骨，再用「飛馬奔逸」和「巨鷹擊鵲」把小骷髏逼退，他感到骷髏的力量似乎變弱了，他馬上利用機會，劍尖對準小骷髏，一道白光把小骷髏罩住。

大骷髏大驚，右手想將傀儡線拉回，只覺得手一沉，彷彿線那端連的不是枯骨而是一塊鑄鐵。大骷髏使出更多的法力，可是沒用，就像丟鐵塊入水池，一去不回，同時還感到另一道法力來自線的那頭，準備把他也吸走。大骷髏連忙使力對抗，連在小骷髏上的那些線呈現緊繃狀態，沒多久啪啪幾聲，棉線一一綳斷，小骷髏化作一道光被劍氣吸走。

曄廷再度舉起劍，劍尖指向大骷髏，只見大骷髏抓起一根腿骨，丟向曄廷，腿骨在眼前爆開，散了一屋的白粉，大骷髏也消失在一片白茫霧氣中。

曄廷看大骷髏不見了，急忙奔到儀萱身邊，發現她的眼睛是睜開的。「儀萱！儀萱！你聽得到我說話嗎？」

儀萱眼球上下動了動，代表她聽到了，曄廷稍微安心。但是她的眼球繼續上下左右轉動，還帶著恐懼的神情，好像有話要跟他說。曄廷有點迷惑，不是很懂。

他握著儀萱的手，導入些眞氣，探查一下她的狀況。她體內的眞氣充沛，精氣旺盛，沒有受傷的跡象，全身不能動彈應該是大骷髏施法造成，或許他可以用五行氣幫她。

「你沒事的，我會幫你恢復行動的。」曄廷安慰她，不過儀萱的眼睛還是一下左，一下右，一會兒上，一會兒下，曄廷實在猜不出來她想說什麼。

曄廷看看房間四周。「你要跟我說這裡有什麼嗎？」

儀萱眼睛上下動表示他猜對了。曄廷實在不懂，這裡除了陰氣重了點，什麼也沒有。他像之前那樣，施法把四周的陰邪之氣澈底去除後，還是沒看到什麼東西，於是他決定先帶儀萱回《搗練圖》。

「我們先回去。」曄廷說。儀萱眼睛上下動表示同意。

他們回到《搗練圖》，除了畫仙的背影外，其他人都圍了過來。

「發生什麼事？」「儀萱怎麼了？」「她還好嗎？」「她受傷很重的樣子？」「你們有找到畫仙嗎？」

「儀萱受了一些畫鬼的陰邪氣，不能動彈，我要幫她！」曄廷說。

「我們來幫忙。」白盈說。

玲素跟之釆把她們的織線工具移開，讓曄廷把儀萱放在席子上，忘音跟水鳳把在熨燙的白練蓋在儀萱身上，曄廷摸著布，上面還有剛燙出來的餘溫。

「小蘭，你把炭火移過來。」白盈說。

紅珊和小蘭把火盆移來席子旁邊，再把火搧大一些。

心翠跟杏娥幫忙曄廷把儀萱扶成坐姿，在席子上盤腿坐好。曄廷坐在她的身後，手心抵著她的背，像當初他的腳受傷，畫仙幫他療傷那樣，把他的眞氣導入儀萱的體內，運行全身，加上畫中物品能量的幫助，把一些陰邪窒礙的氣都排出去。

儀萱啊的一聲，動了起來。

「你覺得怎樣？」白盈關心的問。

「我沒事，」儀萱手腳動了動，「我剛才雖然不能動，但是可以看到大家熱心幫我，謝謝你們。」

曄廷看儀萱沒事，終於放下心，收回自己的眞氣。

「你們有沒有找到畫仙？」玲素問。

「沒有，但是我大概可以猜到她被抓到哪兒，但是不確定是哪張圖，所以我們要先回去找出那幅畫，才能再進去救她。」曄廷說。

「好，你們要小心，等你們回來。」白盈說。

25

曄廷和儀萱回到房間後，各自拿出畫冊翻找。

「你覺得畫仙在我被抓去的那幅畫裡？」儀萱問。

「應該是。大骷髏把你帶去那裡，他當初應該也是帶畫仙去那幅畫。」曄廷有信心的說，「對了，你被帶走後發生什麼事？又看到什麼？你在那個房間裡，好像有話跟我說。」

「我被大骷髏帶到那幅畫後，他就帶我去那間古廟，讓我躺在地上，然後有另外一個男人出現……」

「有其他人？」曄廷滿臉疑惑，「沒有啊，我什麼人也沒看到，我把你帶走時，也沒人攔我。」

「我也沒看到其他人，只聽到一個粗啞的男聲。以爲是我躺在地上、角度的關係看不到他，原來你也沒看到。那後面的對話就有道理了。」儀萱繼續說，「大骷髏對著那個聲音說：『師父，我把那女娃帶來了。』那個聲音回答：『辦得不錯，你先把畫仙帶來，讓畫境衰敗，引來這個女娃跟曄廷出現。幹得好！』

「接著大骷髏說：『應該的，師父讓我能夠穿梭畫境之中，爲師父做事是我分內的事。』那個被稱爲師父的男人說：『很好，你過來，我要附身在你身上一會，我要去看看她是不是我要找的人。』

「然後大骷髏從我身邊跳開，不知道去哪裡，等他回來時，伸出食指，抵著我的眉心好一會兒，然後大骷髏的身上傳來那個師父的聲音，說：『我感應不出她是誰的後代，不是她。』

「大骷髏問道：『師父，你到底在找誰？』師父說：『我在找兩個人，一個叫月升的女人，另一個是可以幫我恢復力量的人。』

「大骷髏說：『這個女娃沒有法力，那個叫曄廷的小子法力不弱，會不會是他？』師父說：『我測試過了，他是張萱的後代沒錯，不是他。這女的我在別的地方也試過，當時就感覺不出來，我以爲是因爲我那時的力量還不夠，不過剛才我直接觸她眉心，確定她不是我要找的人。』

「大骷髏問：『師父打算怎麼處置這兩個人？』師父說：『曄廷是張萱的後人，先暫時留著。你也把他帶來給我。這個儀萱什麼也不是，把她處理掉。』大骷髏說：『好，讓我把她給宰了。』

「當我看到他伸出骷髏手，一掌朝著我的胸口推來，我躺在那裡嚇都嚇死了，心想：我要死了。可是他的手一碰到我的胸口，我便感到體內有股力量把他的手給震出去，我也聽到那個師父淒厲的叫聲，好像他在大骷髏的體內也受了傷。這時候，你就進來了。」

「原來是這樣，難怪我後來跟大骷髏交手時，他的力量明顯削弱很多。」曄廷皺起眉頭，「那些對話是什麼意思？那個師父是誰？聽起來他好像以前跟你接觸過，你有印象嗎？」

儀萱想了好一會，搖搖頭，「不知道，沒有印象。」

「會是陰氣靈嗎？你說陰氣靈上次附身在陳老師身上，會不會這次附在大骷髏身上？」曄廷問。

「應該不可能，不過我可以進去詞境看看，你要不要跟我一起去？」儀萱問。

「好啊！想不到我可以去詞境！」曄廷睜大眼睛。

儀萱笑了笑。「我雖然沒有法力，但進出詞境還不成問題。我們去李清照的〈浣溪沙〉。」

儀萱過來拉住曄廷的手，嘴裡唸著：「莫許盃深琥珀濃，未成沉醉意先融，疏鐘已應晚來風，瑞腦香消魂夢斷，辟寒金小髻鬟鬆，醒時空對燭花紅。」

曄廷發現自己站在一個古代閨女的房間，空氣中帶著淡淡的酒味，窗外一陣清風吹來，感覺很舒服。房間桌上燒著香爐，一位少女站起身來迎接他們。

「這是元霜，也就是詞靈。」儀萱介紹，「這是我朋友，曄廷。」

「詞境都還好嗎？陰氣靈有什麼動靜嗎？」儀萱直接問。

「都好，一切平安。陰氣靈跟往常一樣，怎麼了？」元霜問。她圓圓的臉蛋看起來很可愛。

「嗯……」儀萱跟曄廷互望一眼，看來不是陰氣靈，「沒事就好，問問而已，我們還有事，下次再跟你敘舊。」

元霜臉上有疑問，不過也沒多問。

儀萱帶著曄廷，兩人再度回到曄廷家。

「不是陰氣靈，那會是誰？」儀萱努力回想跟自己有接觸的人，可是都沒辦法和最近發生的事連結起來。

「我們先找出那幅畫好了，那個師父可能在古廟的某處，畫仙應該也在那裡。」曄廷建議。

儀萱點點頭，兩人一起翻了許多本畫冊，看著圖片，對照腦海的印象。

「這裡！」曄廷指著某一頁，「李成的《晴巒蕭寺圖》，我那時就是被這三個人纏住，然後過橋時橋斷掉，掉到水裡，後來我在這間小店遇到大叔，他跟我說你們在山上的廟裡，我才找到你的。」

「那我們趕快去！」

「你身體還好嗎？我自己去就好了。」曄廷擔心她。

「沒事，而且不知道爲什麼，大骷髏沒辦法殺死我，所以不會有問題的。」儀萱說。

「好。」曄廷點點頭。

他們進入《搗練圖》，再進入《晴巒蕭寺圖》。

景色依舊，跟上回不同的是，這次畫面清晰，沒有畫鬼入侵的痕跡。曄廷帶著儀萱穿過錯落的小店，直往山上走去。他們爬上山路，登上陡坡，再度進到古廟。

「我們分頭找！」儀萱說著，正要往另一邊走，曄廷拉著她。

「不行，你沒有法力，我們要一起行動。」曄廷正色說。

「他們殺不死我的，沒問題的。」

「儀萱，他們是不是眞的殺不死你我不知道，但是我知道，你被帶走時我有多氣多害怕，我發誓，再也不要有那樣的感覺，你是我很重要、很重要的一個朋友。」曄廷認眞的看著儀萱。

儀萱覺得心裡有個角落被觸動到，他們身在一個鬼氣森森的古廟，可是她卻不感到害怕，曄廷的話彷佛帶著法力，保護著她。

「好，我們一起去。」儀萱微笑，曄廷自然的拉起儀萱的手，走進古廟。

他們直接走上頂樓的那個房間，這裡跟上次一樣，什麼東西也沒有，他們走遍每個角落，再三確認。

「我想他們離開了。」儀萱看著曄廷。

「大骷髏受到你我的真氣震盪後受了傷害，應該一時不會出現，只是不知道畫仙被他們藏在哪裡？」曄廷嘆口氣。

「我們再到處找找。」儀萱鼓勵他。

他們在古廟上上下下尋找，也再度拜訪山腳下的小店，問了許多人，但是都沒有人看過畫仙的蹤影。

「我覺得畫仙不在這幅畫裡。」儀萱說。

「我也這樣覺得。唉，他們會把她藏到哪去？」曄廷焦躁的說。

「我剛剛一邊找一邊在想……」儀萱歪著頭沉思，「她可能在《骷髏幻戲圖》裡。」

「可是我們先前在那裡都沒看到啊！」曄廷不太相信。

「你想想看，那幅畫裡的兩個骷髏，兩個嬰孩，兩個婦女，加上高臺，幾乎畫面上的人或物都被畫鬼侵占、破壞，還攻擊我們，可是左下角的那些貨物卻都一直安好無恙，你不覺得奇怪嗎？」

被儀萱這麼一提，曄廷也覺得不尋常。

「我覺得畫仙可能被藏在那裡。」

「你說的有道理，我們再去一次看看！」曄廷點點頭。

一來到畫裡，曄廷就運氣舉劍，擔心骷髏的攻勢，不過這裡跟之前的氣氛完全不同，大骷髏還是操縱著小骷髏跳舞，小孩在地上咿咿呀呀往前爬著，他的娘親跟在後面，大骷髏的身後另有一名婦人在餵母乳。雖然畫面還是很詭異，可是沒有陰森的邪氣。

「小兄弟，你們打哪來啊？要不要看傀儡戲啊？」大骷髏居然還客氣招呼他們。

「我們是畫仙的朋友，是來救畫仙的。」曄廷橫劍在胸前，警戒的說。

大骷髏停止手邊的動作，悠悠嘆了一口氣，「是的，畫仙被抓走了，畫鬼變得更猖狂了，我還被附身呢。」

「附身？」曄廷瞇起眼看著他。

「被畫家畫壞的畫鬼，本來只是偶爾出現，後來會攻擊人，試圖破壞畫面，但是至少都待在原畫裡。有天畫鬼不知道哪來的力量，居然附身在我身上，控制我，而且還可以進出到不同的畫裡。」

「這跟陰氣靈的伎倆還滿像的，用附身的方法來控制人。」儀萱悄聲說。

曄廷點點頭。「那個附在你身上的畫鬼被我們打傷了，現在沒有能力再回來控制你，所以這裡也恢復原狀了。」

「那畫仙是被你帶走的，你記得這件事嗎？」儀萱問。

「我……」大骷髏的白骨臉上沒有表情，但是口吻聽起來很迷惘，「我不記得……又好像記得一點，我不曉得……」

「那你記得多少？」儀萱問。當時以丞被附身時，不記得自己做過的事，只有隱約一些印象，但那些印象後來提供儀萱不少線索。

「慚愧。在下被附身時，頭昏腦眩，心神迷惘，什麼也不記得了……哎，話說回來，我也沒心沒腦了，只剩這副枯骨。」

「但是你剛剛說，你記得他帶走一個姑娘？」曄廷還是不放棄。

大骷髏的枯手抓抓頭上的烏紗帽，「是……不是，是兩個。」

「沒錯，另一個是我，你記得更多了。」儀萱鼓勵他，「然後呢？」

「然後……有山，有廟……」

「那是我被抓去的地方。」儀萱點點頭。

「白骨粉……」大骷髏喃喃的說。

「什麼？」曄廷問。

「畫鬼把他的腿骨化成粉，畫仙被困在裡面。」大骷髏隱約想起一些畫面。

「這些粉在哪？」曄廷緊張的問。

大骷髏空洞的眼睛望著遠方，搖搖頭。

「我可以看看你擔子上的東西嗎？」儀萱問。

「請便。」大骷髏說完便拿起木桿，繼續操縱小骷髏戲偶。

這幅畫有兩個擔子，儀萱說的有理，擔子裡的東西一直安然無事很不尋常。他們兩個分頭在擔子裡找。

這兩個貨擔不像《市擔嬰戲》裡那樣琳瑯滿目，裡面的東西不是拿來賣的商品，比較像是旅人的行囊。有草席、有傘、有簍子、有水壺，還有一些用布包起來，大小形狀不一的包袱。

「我們把這些包袱打開看看。」儀萱掂了掂重量，有的包袱比較輕，裝著像是衣服、枕頭之類的東西，他們一一打開確認，都沒看到什麼白骨粉。

然後儀萱拿起一個比較重的，拆開發現是一個甕。她把甕的封口泥打碎，把底下的布打開，裡面是醬菜。

「不是這個。」曄廷說。

接著儀萱拿起下一個沉重的布包袱，打開也是一個甕，但這個甕比較大。她同樣要把甕的封口打開，卻發現那片乾泥怎麼也打不碎。

曄廷感覺有異，把甕接過來，他的手碰到陶甕，就感到異樣，好像裡面隱隱有股力量。他用手壓了壓封泥，果然硬得像鋼鐵一樣，不是一般人用手就可以打開的。他一手托著甕，一手運氣，對著封泥按去，可是卻沒有動靜。於是他重新運起真氣，加上五行氣，尤其加強木氣。木剋土，從大覺菩提尊者的樹上拿到的木氣多了佛法的加持，更是能量倍增。他持續施法，總算破解了封泥，他拍掉碎泥，裡面露出一塊布，他正要去掀那塊布時，聽到大骷髏喊道：「不要碰！」

大骷髏帶著小骷髏走過來，「那塊布我用很久了，上頭應該泛黃有斑點，可是現在這塊布卻這麼新，而且……」他指著布的邊緣，「你們看，這層淺淺的黃綠色，不應該在布上面的。」

「你覺得那是什麼？」儀萱緊張的問。

「像是毒粉。」大骷髏說，「我來。」

他示意兩人把甕放在地上，往後退一步，他手裡操縱著小骷髏，小骷髏手腳靈活，就像個活人一般，大骷髏引著它到甕前，讓它打開甕上面的布，果然小骷髏手上馬上沾滿綠色的毒粉，同時一股綠煙飄起，如果當時曄廷、儀萱圍在旁邊，馬上就會吸入毒氣，後果不堪設想。

「謝謝你！你救了我們！」曄廷說。他拿出劍氣，對準綠色毒煙，把毒煙也吸走。現在他們一起看著甕，甕裡塞滿白色的粉狀物。

「這就是白骨粉。」大骷髏說。

「畫仙在裡面？」儀萱問。

「這是最後一道鎖住畫仙的法力了。」曄廷說，「讓我來。」

他拿出劍氣，對著滿甕的骨粉施吸納法，劍氣上的白光罩住骨粉，曄廷感到白光的那頭有股很強的吸力準備把他的力量帶走，心裡大驚，趕快撤走劍氣。

看來沒那麼容易，不是找到白骨粉就好。

曄廷手捧著甕，感受到裡面畫仙的能量，突然靈光一閃。「或許可以來個裡應外合，內外夾攻。」

「什麼意思？」儀萱不解。

「我們帶甕去畫仙練氣的地方。」曄廷說。他跟儀萱把其他東西塞回布包裡，把擔子回復原樣。

「我們借你的甕一用，等救出畫仙後再歸還。」儀萱對大骷髏說。

接著曄廷拉著儀萱的手，兩人來到馬遠的《寒香詩思圖》。「畫仙跟我說，這裡的畫境跟她出生場景很像，所以最有感覺，最常來到這裡練氣。也是我練第一個劍招『天鵲高飛』的地方。」

儀萱抬頭望去，鵲鳥在空中飛翔鳴叫，遠方一輪明月照在寂靜的山上，清淨雅緻，的確適合練氣。

「你打算怎麼做？」儀萱問。

「每幅畫裡的事物都有它的能量，畫仙既然都在這練氣，這裡的能量肯定最適合她，我打算借用這幅畫裡的力量，加上我的法力，看能不能破解白骨粉。」

曄廷說完，把甕放在地上，向著月亮，月光皎潔清澈的照在白骨粉上面。曄廷運起劍氣，讓眞氣在全身遊走，帶動存在五臟內的五行氣，融合著月光，一起射向甕中。

白骨粉霸道禁錮的力量試圖把劍氣也往甕內吸，曄廷咬緊牙關，不敢放鬆，慢慢的，他感到另一股熟悉的眞氣回應他的眞氣，兩股眞氣跟白骨粉的力量相抗衡，曄廷覺得全身的力量都快虛脫了，但是他努力撐著。終於，白骨粉從甕中升起，像一團混濁的白煙團，曄廷再度運氣施法，白光從劍尖射出，白骨粉團變成白光，被劍氣收回。

曄廷喘著氣，跟儀萱一起望向甕，甕裡一道輕煙出現，緩緩上飄，開始現出人形，然後人形被一道柔和的銀色亮光包覆，最後銀光化成細碎銀粉消失不見，畫仙出現在他們的面前。

「畫仙！」曄廷興奮的大喊。

他終於找到她了！

26

畫仙面容一樣白皙，雖然有些憔悴，不過眼神清傲，她看了看四周，說：「曄廷，你把我救出來了。」

「是啊，太棒了！」曄廷差點要跳起來，「還有儀萱，她幫了很多忙。」

畫仙看了儀萱一眼，儀萱感到她細長漂亮的眼裡帶著冷冽的光芒，不禁全身一震，彷彿那道冷意直直穿透她的身體。

「謝謝你。」畫仙眼神柔和，嘴角微微揚起。

「不客氣。」儀萱說。她覺得畫仙雖然不冷漠，但也不談不上友善，就像曄廷描述的那樣，但是卻有一種特別的熟悉感。

「你怎麼找到我的？」畫仙轉過頭，看著曄廷。

曄廷把怎麼拿到五行氣，怎麼在《骷髏幻戲圖》找到線索的過程簡單說了一遍。

畫仙望著遠方的月亮好一會，然後轉過頭來，對著儀萱說：「你過來。」

儀萱向前走一步，畫仙伸出食指，碰觸儀萱的眉心。

或許畫仙可以看出來儀萱是誰的後代，而不是像大骷髏那個師父，覺得儀萱什麼也不是。曄廷想。

畫仙放下手，輕輕搖頭，「儀萱的體內確實有些真氣，可是我感覺不出她是誰。」

曄廷看得出來，儀萱對於這個結果有點失望。

「看來我只是路過，不小心被正氣靈附身而已。」儀萱吐吐舌頭說。

畫仙沒有說話，沉思了一會。

「你說在廟裡有人跟大骷髏說話，你把對話再告訴我一次。」畫仙說。

儀萱依言把對話仔細敘述一次。畫仙再度陷入沉思。

「那個師父會是誰？」曄廷問，「你被帶走時，有遇到那個師父嗎？他似乎不知道你就是月升？」

「畫裡的人只叫我畫仙，沒有人知道我的名字。我跟你們的對話也只有我們可以聽到。」畫仙說，「聽起來，他們抓我只是想引出那個會幫他恢復法力的人。因此，我一被抓到就被鎖在甕裡，沒有人跟我說話。我不知道那是誰，但是不管是誰，他都帶著陰邪的力量，聽起來他剛出現，力量還不是很強，所以必須要附身在大骷髏身上。」

「那我們要比他更快找到那個人，不能讓他的能力恢復。」儀萱說。

「怎麼找？感覺好多謎團。」曄廷嘆一口氣。

「該來的就會來，想太多也沒用。」畫仙淡淡的說。

「可是畫境安全嗎？附身在大骷髏的畫鬼不知道跑去哪，還有那個神祕的師父……」

曄廷覺得不放心。

「儀萱的眞氣把大骷髏震開後，已經損壞了畫鬼的一部分力量，然後你用吸納法吸走小骷髏，等於重創了他，至於那個師父完全要靠大骷髏的力量才能行動，所以他也無法有任何作爲，你們不用擔心。」

「那你的身體還好嗎？」儀萱關心的問。

「維護畫境的安全還可以的。」畫仙說。

「那我們快回《搗練圖》，其他姐妹們知道你平安，一定非常開心！」曄廷興奮的說，儀萱看他繪畫比賽得第一名也沒這麼快樂。

畫仙想了想，點點頭。曄廷不知道畫仙身體情況如何，想伸手扶她，又想她個性高傲，會不會不喜歡，正前後琢磨著，儀萱已經走過去拉起她的手，說：「畫仙，我們一起回去。」

畫仙臉上似乎閃過一絲驚訝，但是沒有拒絕，她握著儀萱的左手，曄廷握著儀萱的右手，曄廷運氣，感覺到儀萱那邊傳來一股溫和的力量。

他們先回《骷髏幻戲圖》，畫裡的人物看到畫仙回來都很高興，尤其是大骷髏，他一直對自己被附身，還把畫仙抓走這事感到愧疚，不過畫仙沒有怪罪他。

他們把甕放回擔子上，讓畫回復原樣，然後一起回到《搗練圖》。

＊＊＊

「畫仙，眞的是你嗎？」「畫仙回來了！」「眞的是畫仙耶！」「曄廷，眞有你的！」「曄廷，謝謝你啊！」「畫仙，你身體還好嗎？」「你們怎麼救出畫仙的？」

大家七嘴八舌，又興奮又好奇。

曄廷把他跟儀萱一起進入《骷髏幻戲圖》找畫仙的經過大略說完，一群女子忍不住感嘆過程的驚險。

「畫仙，你身子如何？」白盈柔聲的問。

「還好，不用擔心。」畫仙簡單的說。

「曄廷兄弟，謝謝你了！」紅珊開心的說。

「是啊，有你，畫仙才能回來啊！」玲素說。

「還有儀萱呢！」小桃很喜歡跟儀萱玩，老是跟著她轉。

大家七嘴八舌的跟曄廷和儀萱道謝，詢問畫仙的身體狀況。

「好吧，」曄廷看著大家，「我們該走了。如果你有什麼需要幫忙的，一定要讓我知道，我現在拿到五行氣，可以去不同的畫境了。」

「我知道，你沒有令我失望。」雖然畫仙沒有多讚揚，但是光是這兩句話便讓曄廷感覺得到肯定，他很開心。

「畫仙，你多保重，我們會再來看你的。」儀萱眞誠的說，畫仙對她微笑點頭。

＊＊＊

這天一放學儀萱就收到一封簡訊，是曄廷。

「你今天忙嗎？不忙的話來我家，我有東西給你看。」

「什麼東西？」

「你來我才給你看。」

聽起來好像很神祕。「好，我過去。」

儀萱來到曄廷家裡，一進門她就忍不住問：「你要給我看什麼東西？」

「這裡。」曄廷拿出一卷白色的紙，他把紙攤開來，是一幅山水畫。

「哇，你去故宮偷國寶嗎？」

曄廷開心的笑著，他知道儀萱用這種方法讚美他。

「我畫的啦。以前我都覺得古畫很古老，既無趣，又不合時宜，但是我進入畫境後，開始對古畫產生興趣，覺得裡面藏了好多古人的智慧，那種美感是獨樹一格的，一點也不無聊。所以我也開始嘗試，不過後來忙著找畫仙，停了一段時間，沒有好好練習，這幾天努力練習，終於畫出一幅我比較滿意的。」

「眞的很棒！好有氣勢喔！」儀萱仔細端詳，高山險峻，溪流穿梭，山林間錯落幾間茅屋，幽靜深遠，她非常羨慕曄廷的才華。

「我想試一件事，我希望你可以陪我一起。」曄廷的口氣有點神祕又期待。

「什麼事？」儀萱好奇的看著他。

「我想試試看，能不能從自己的畫裡進去畫境。」曄廷的眼睛閃著光芒。

「我之前畫了很多練習，這一幅是最後的成圖，我一邊畫，一邊貫注眞氣在裡面。」曄廷解釋。

這是一個很大膽的想法，儀萱也躍躍欲試。

「你進去過嗎？」儀萱問。

「還沒，我想等你來一起試。」曄廷帶笑的眼睛充滿期盼。

「好啊！」儀萱過來握住曄廷的手。

曄廷感到一陣暖意，那是一種對他大膽提議的支持與鼓勵，一種眞心的情意。

他深呼吸，全神貫注，把眞氣跟五行氣運行全身，緊握住儀萱的手，眼睛專注在畫作上，然後眼睛一眨，再一閉。

「我們眞的在你的畫裡！」儀萱興奮的喊著。當他們再度睜開眼睛時，發現身處一座橋上，左邊是深淵，水氣繚繞，深不見底；右邊是高山，一條瀑布直衝而下，水勢磅礴，轟轟作響。

「眞的成功了！」曄廷非常開心，想不到他可以來到自己創作的畫境裡。

「我們到處走走！」儀萱好奇的左右張望，拉著曄廷往前走。

曄廷走在裡面，覺得好不眞實，這些一草一木，一石一水，都是自己畫出來的。

他們過了木橋，來到對岸，一個熟悉的身影在眼前。

是畫仙。

「畫仙，你怎麼在這？」儀萱驚喜跑上前，曄廷也覺得驚訝。不過馬上想到，她是畫仙啊，當然知道每幅畫的形成，她就是每幅畫的精神。

「想不到，你的能力可以像你的先人那樣，自己作畫，自己入畫。看來你有持續不懈練眞氣。」畫仙對他點頭。

畫仙說。

「是的，我一直有在練習。」曄廷說。

「畫仙，你還好嗎？」儀萱關心的問。

「沒事，畫中世界的萬物自有能量，我從中吸取精華，修息養身，自然身強體健。」

「那畫鬼呢？有再出來作亂嗎？」曄廷問。

「畫鬼本無害，是有邪念、想控制他們的人才有害，目前尚爲安好。」畫仙說。

「畫作的霉斑也都修好了？」儀萱問。

這幾天，故宮不再有新聞出來，她不知道是記者失去興趣了，還是眞的都沒事了。

「我的身體恢復後，把那些畫裡的霉氣都去除了，《骷髏幻戲圖》也回復原狀了。」

「太好了！畫仙的力量回來了！」曄廷開心的說。

畫仙微微一笑。「那你們自己走走，我少陪了。」

畫仙說完對他們頷首微笑，接著便走入林子裡，消失蹤影。

「你現在要去哪？到山上走走？」曄廷問。

儀萱的眼睛轉啊轉的，說：「你畫的山太險峻了，走起來好累。這樣好了，我們去逛街！」

「逛街？」曄廷一頭霧水。

「對啊，去《清明上河圖》逛街！」儀萱興奮的說，「這幾天我在家裡看古畫，對這個《清明上河圖》好有興趣，裡面有市集，有遊船，有小吃攤，有牛逛大街，我想去看看！」

「我記得《清明上河圖》有好幾個版本，你想去哪一個？」

「我都想去，不過目前正在研究的是清朝的彩色版，印象比較深刻。」

「好，我對《清明上河圖》不熟，但既然你腦海有影像，那我們就去！」曄廷豪氣的說。

「真的？太好了！」儀萱眼睛發亮。

曄廷拉起儀萱的手，傳過去一些真氣，兩人相對一笑，閉起眼睛，進入下一個奇幻旅程。

仙靈古畫集錦

宋　馬遠《寒香詩思圖》▲
25.5 × 25.7 公分　藏於臺北故宮博物院
國立故宮博物院藏品

宋　宋徽宗摹張萱《搗練圖》▲
37 × 147 公分，藏於美國波士頓博物館

讀完《畫仙》之後

文／孫菊君
（新北市SUPER教師獎、親子天下「教育創新100」得主）
盧宣妃（臺灣大學藝術史研究所博士）

如同主角曄廷說的，他以前總覺得國畫很古老很無趣。的確，對現代人而言，傳統國畫總不如西洋繪畫來得吸引目光，西畫主題鮮明、色彩繽紛、風格多變，有十六世紀文藝復興時期所發展的寫實、透視與明暗表現，也有十九世紀印象派畫家對光與色的捕捉，以及此後現代藝術在視覺表現上的各種創新變革。

但是，曄廷自從進入畫境之後，發現裡面藏著好多古人的智慧，還有獨樹一格的美感，一點都不無聊。曄廷有畫仙帶著進入畫境，那我們呢？要如何得其門而入，欣賞中國繪畫之美呢？讓我們從《畫仙》所延伸的幾個問題開始吧！

＊山水畫的「真氣」是指什麼？中國古代的山水畫家想表達的是什麼？

說到中國畫的「氣」，不能不提到五世紀南朝時期的畫論家謝赫，他在《古畫品錄》提出「六法論」（氣韻生動、骨法用筆、應物象形、隨類賦彩、經營位置、傳移摹寫）。六法之首就是「氣韻生動」，一幅畫必須生動傳神，充滿盎然生機，讓欣賞者在內心產生共鳴，這是中國千百年來的畫家所追求之最高指導原則。

就如畫仙特別鍾愛南宋畫家馬遠的《寒香詩思圖》，右下角前景有著光潔的大石頭，疏疏落落的竹叢在風中搖曳著，隨著一列鳥兒飛去，觀者視線也被引導至左上方掛著一輪明月的重山遠景。這種著重於邊角之景的布局，被稱為「馬一角」，是南宋山水畫家特別喜愛的構圖方式，而馬遠擅

▲宋　郭熙《早春圖》
158.3 × 108.1 公分　藏於臺北故宮博物院
國立故宮博物院藏品

五代　李成《寒江釣艇圖》▲

170 × 101.9 公分，藏於臺北故宮博物院

國立故宮博物院藏品

唐　周昉《簪花仕女圖》▲

46 × 180 公分，藏於遼寧博物館

長在前景與遠景之間加以墨色暈染，呈現如薄霧般的空氣朦朧感，以及背景大面積的「留白」，創造出一種空靈氛圍，讓畫仙聯想到她幼年家鄉的景緻，與自己的回憶產生共鳴。

中國「山水畫」不同於西洋「風景畫」（Landscape），對呈現「真實」採取截然不同的觀點與作法。西洋風景畫家用科學態度，以「微觀」的角度，觀察一時一地的地貌細節，追求如拍照般的寫實臨場感，因此發展出「定點透視法」，把所看到的景緻與空間距離如實再現，讓觀者宛如置身於此時此刻的當下實境中。

反觀中國山水畫家則不追求現場感，讓我們來看看曄廷練得「土氣」的《層巖叢樹圖》，是十世紀後期五代山水畫大師巨然的代表作品。巨然以淡墨溼筆表現煙嵐繚繞的景緻，一條山徑由近到遠在密林間蜿蜒著，通往沒有盡頭的山巒深處，迷濛的遠山一重復一重，營造的是雲霧間撲朔迷離、疑幻似真的氣氛。巨然的創作動機，並非描繪特定地點的地貌景觀，而是用「宏觀」的角度，表現畫家對大自然的理解，呈現出山川宏偉的精神氣魄。

我們在畫仙帶曄廷進入的第二張作品，十一世紀北宋畫家郭熙《早春圖》，可以看到畫家所要呈現那種春寒料峭的大自然意象。畫仙說《早春圖》「太過熱鬧」，其實正來自於畫中雲煙氤氳、生機萌發，以及在巨大的山水構圖間，從前到後沿著中央軸線的山石、巨松、主山、側鋒，一路向上延伸所營造充滿能量的山體動勢。

郭熙曾在他著名的山水畫論《林泉高致》提到：「真山水之雲氣，四時不同。春融怡，夏蓊鬱，秋疎薄，冬黯淡。」可見古代山水畫家對自然現象的體察之深。郭熙又提

▲ 宋　李嵩《市擔嬰戲》
25.8 ×27.6 公分，藏於臺北故宮博物院

宋　蘇漢成《秋庭戲嬰圖》▲

197.8 ×108.4 公分　藏於臺北故宮博物院

宋　李迪《風雨歸牧圖》▲

120.7 × 102.8 公分　藏於臺北故宮博物院

國立故宮博物院藏品

到「三遠透視法」：「山有三遠：由下而上仰山顛，謂之『高遠』；自山前窺山後，謂之『深遠』；自近山望遠山，謂之『平遠』。」這種空間表現方式，是從不同角度視點看出去，與西洋「定點透視法」著重在同一個位置的觀看經驗大不相同，被稱為「散點透視法」，是山水畫家深刻理解自然之美的綜合呈現，創造一個可行、可望、可居、可遊的理想性山水。

【練習】

試著用「三遠法」觀察書中所提及另外兩件五代北宋初期畫家李成的畫作《寒江釣艇圖》及《晴巒蕭寺圖》，你也可以看出「高遠」、「深遠」和「平遠」嗎？

＊《搗練圖》到底是唐朝的畫還是宋朝的畫？為什麼後代人要臨摹前代人的畫呢？

曄廷第一次在書上看到《搗練圖》的標題寫著「唐張萱《搗練圖》」，簡介上卻又寫著「宋徽宗摹本」時，似懂非懂的問道：「這幅到底是唐朝的畫還是宋朝的畫？」

其實「臨摹」這件事，可說是傳統書畫基本的學習方法，但同時也可作為保存古畫真跡的一種方式，並為創作所運用。一般而言，「臨」是對照一件作品，依據這件作品的構圖、表現手法，進行像「複製」一般的工作，以學習原作的創作細節。至於「摹」，一般來說是以薄紙（較透明的紙）覆蓋在作品上，底下也可再以光往上照射（燈箱的概念），於薄紙上描繪出作品內容。也就是一種比「臨」更貼近原作的「複製」方式。後代大多以「臨摹」來稱呼這兩種書畫的學習手段。

「臨摹」除了可用在學習書畫之外，還有其他功能。例如，由於古代書畫作品不易保存，也沒有相機可供拍攝留底，因此利

▲宋　范寬《秋林飛瀑圖》
181 ×99.5 公分　藏於臺北故宮博物院

宋　趙昌《寫生蛺蝶圖》▲

27.7 × 91 公分，藏於北京故宮博物院

宋　李嵩《骷髏幻戲圖》▲

27× 26.3 公分，藏於北京故宮博物院

用「臨摹」的方式，將古代名跡複製保存下來。例如唐代張萱所繪的《搗練圖》，原為宋徽宗內府的收藏，曾被記載在《宣和畫譜》中。宋徽宗的「畫學」，是中國宮廷歷史上首次成立，對畫家進行系統化訓練的機構。畫學的學生不僅必須學習《論語》等經典與《說文解字》之類的文字學知識，還必須了解畫題的意境並加以表現。雖然畫學後來被廢，徽宗仍很重視對畫院畫家的教育與培養，因此發展出所謂的「宣和體」（宣和為宋徽宗年號，相當於西元1119至1125年）。「宣和體」重視的是對畫題意境的表達，以及對精緻寫實的追求。

雖然我們不確定張萱原跡的表現為何，但宋徽宗摹張萱《搗練圖》，反映出徽宗畫院對於精緻描寫之興趣。徽宗畫院為了令畫家熟習古畫之精妙，經常命畫家臨摹內府收藏的古畫真跡，張萱《搗練圖》雖然目前稱為「宋徽宗摹」，實際上卻很可能是由畫院畫家所製作。當初徽宗畫院「臨摹」《搗練圖》的目的可能主要是為了學習，但在目前張萱原跡已經消佚的情況下，收藏於波士頓博物館的宋代摹本（也是宋代製作的一件真跡），也成為唯一讓我們可窺張萱原作之精采的一個重要「複製品」。

除了學習、複製的目的之外，「臨摹」也經常為現代創作者加以運用。有些創作者透過「臨摹」的概念，加上個人的創意，以新的水墨創作觀重新表現古畫，或將古畫揉合到現代的媒材、創作形式中。這些多元的表現方式，讓「臨摹」有了更豐富的意涵。

【練習】

現在你知道了「臨摹」是學習中國畫很重要的方法。還記得曄廷依照二手書店老闆

▲ 五代南唐　巨然《層巖叢樹圖》

144.1 × 55.4 公分，藏於臺北故宮博物院
國立故宮博物院藏品

五代　李成《晴巒蕭寺圖》▲
111.76 × 55.88 公分　藏於美國納爾遜藝術博物館

勇伯找給他的《古畫臨摹技巧》自學古畫嗎？剛開始曄廷也是很難抓到訣竅，漸漸的就愈畫愈好了。讓我們跟曄廷看齊，只要準備一般影印紙和鉛筆就可以了，從周昉《簪花仕女圖》的人物開始，試著臨摹看看吧。

＊古代居然也出現題材特殊的《骷髏幻戲圖》，畫家李嵩為什麼要創作這樣的作品？

除了山水、人物、花鳥畫，中國古代也有題材好奇怪的畫，就像是南宋畫家李嵩的《骷髏幻戲圖》，曄廷帶著儀萱去看「古代生活小品展」時，儀萱和其他觀眾對這張畫都是嘖嘖稱奇。

李嵩是南宋中期的宮廷畫家，我們知道從熱愛藝術的宋徽宗開始，宋代宮廷便有系統的培養宮廷畫家，一直延續到南宋皇室。宮苑生活跟隨著自然時序和節慶風俗，展現出各種豐富的遊賞和文化活動，在此，宮廷畫家也備受重視而參與其中。

李嵩少時貧寒，曾從事木工，後來成為畫院畫家李從訓的養子，得到繪畫真傳成為南宋光宗、寧宗、理宗時期（1190-1264）的畫院待詔。除了山水、人物、花鳥之外，李嵩最被注目的是充滿民俗趣味的「風俗畫」，特別是「貨郎圖」的題材。曄廷第二次穿越畫境，來到的就是李嵩另一幅代表作《市擔嬰戲圖》（1210），那鄉野間貨郎兜售百物，大小娃兒爭相上前的熱鬧景象，生動極了！

在《骷髏幻戲圖》可看到一個戴帽穿紗袍的大骷髏席地而坐，操作著一具懸絲小骷髏傀儡，反映著宋代民間的風俗活動。完稿於南北宋之際的書籍《東京夢華錄》，描寫了作家孟元老遊歷當時北宋首都汴京的都市生活所見所聞，其中便提及在清明

▲宋　劉松年《畫羅漢》
117 × 55.8 公分　藏於臺北故宮博物院

宋　宋徽宗《瑞鶴圖》▲
51 × 138.2 公分，藏於遼寧博物館

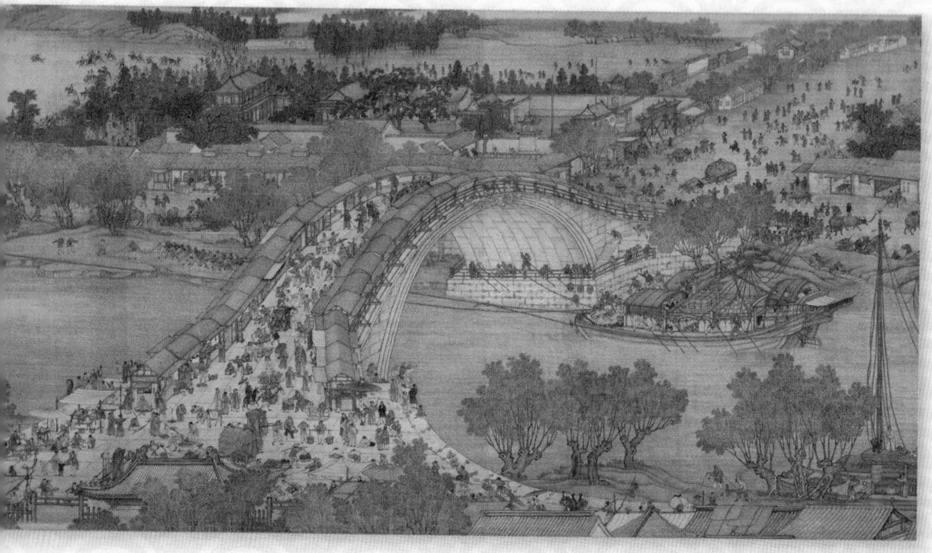

節前後，經常可見由真人妝扮成骷髏「以粉塗身，金睛白面」，表演「啞雜劇」的場面。

對於皇室觀眾而言，這樣充滿庶民趣味的畫作，想必是在南宋盛行的詩意山水風格（如馬遠《寒香詩思圖》）之外，相當別具一格且大膽創新的。一方面滿足深居宮闈的皇室成員，對於民間生活的好奇與想像，也在「骷髏之死、乳兒之生」與「戲中之戲」的精心安排下，引動對生命課題的探問與觀照，耐人尋味。

【練習】

仔細觀察李嵩《市擔嬰戲圖》與《骷髏幻戲圖》，兩作都有嬰孩與乳母處於其中，說說看你感受到的情緒氛圍有什麼不同？為什麼？

【參考書目】

石守謙著，《山鳴谷應：中國山水畫和觀眾的歷史》，臺北：石頭出版，2017。

伊沛霞（Patricia Buckley Ebrey）著、韓華譯，《宋徽宗》，桂林：廣西師範大學出版社，2018。

吳同著、金櫻譯，《波士頓博物館藏中國古畫精品圖錄——唐至元代》，東京：大塚巧藝社，1999。

林柏亭主編，《大觀：北宋書畫特展》，臺北：國立故宮博物院，2006。

國立故宮博物院編輯委員會，《宋代書畫冊頁名品特展》，臺北：國立故宮博物院，1995。

羅淑敏著，《對焦中國畫：國畫的六種閱讀方式》，香港：三聯書店，2009。

▲ 清　陳枚等人《清明上河圖》（局部）
1152.8 ×35.6 公分，藏於臺北故宮博物院

少年天下系列 —— 049

畫仙（仙靈傳奇3）

作　　者｜陳郁如

責任編輯｜李幼婷
封面插畫｜蔡兆倫
封面設計｜江儀玲
校對協力｜蔡珮瑤
內頁排版｜極翔企業有限公司、張文綺
行銷企劃｜葉怡伶

天下雜誌群創辦人｜殷允芃
董事長兼執行長｜何琦瑜
兒童產品事業群
副總經理｜林彥傑
總編輯｜林欣靜
主編｜李幼婷
版權主任｜何晨瑋、黃微真

出版者｜親子天下股份有限公司
地址｜台北市 104 建國北路一段 96 號 4 樓
電話｜（02）2509-2800　傳真｜（02）2509-2462
網址｜ www.parenting.com.tw
讀者服務專線｜（02）2662-0332　週一～週五：09:00~17:30
讀者服務傳真｜（02）2662-6048
客服信箱｜ parenting@cw.com.tw

法律顧問｜台英國際商務法律事務所・羅明通律師
製版印刷｜中原造像股份有限公司
總經銷｜大和圖書有限公司　電話：(02）8990-2588

出版日期｜2019 年 4 月第一版第一次印行
2022 年 12 月第一版第二十三次印行
定　　價｜380 元
書　　號｜BKKNF049P
ＩＳＢＮ｜978-957-503-360-6（平裝）

訂購服務
親子天下 Shopping ｜ shopping.parenting.com.tw
海外・大量訂購｜ parenting@cw.com.tw
書香花園｜台北市建國北路二段 6 巷 11 號　電話（02）2506-1635
劃撥帳號｜ 50331356 親子天下股份有限公司

國家圖書館出版品預行編目資料

仙靈傳奇. 3, 畫仙 / 陳郁如文. -- 第一版. --
臺北市 : 親子天下, 2019.04
320 面 ; 14.8x21公分. -- (少年天下系列 ; 49)
ISBN 978-957-503-360-6 (平裝)

859.6　　108001090

圖片出處：
《寒香詩思圖》國立故宮博物院
《搗練圖》By Zhang Xuan and Songhuizong, Public domain, via Wikimedia Commons
《早春圖》國立故宮博物院
《寒江釣艇圖》國立故宮博物院
《簪花仕女圖》By Zhou Fang, Public domain, via Wikimedia Commons
《市擔嬰戲》國立故宮博物院
《風雨歸牧圖》國立故宮博物院
《秋庭戲嬰圖》國立故宮博物院
《秋林飛瀑圖》國立故宮博物院
《寫生蛺蝶圖》By Zhao Chang , Public domain, via Wikimedia Commons
《骷髏幻戲圖》By Li Song, Public domain, via Wikimedia Commons
《層巖叢樹圖》國立故宮博物院
《晴巒蕭寺圖》By Li Cheng, CC BY-SA 3.0, via Wikimedia Commons
《畫羅漢》國立故宮博物院
《瑞鶴圖》By Songhuizong, Public domain, via Wikimedia Commons
《清明上河圖》國立故宮博物院